W0225532

Aldo, mon ami
et autres nouvelles

ÉTONNANTS • CLASSIQUES

ANNIE SAUMONT

Aldo, mon ami
et autres nouvelles

Présentation, notes, chronologie et dossier par
MARIE-PIERRE DUPLEIX,
professeur de lettres

GF Flammarion

Les contemporains
dans la même collection

BERBEROVA (Nina), *L'Accompagnatrice*
CARRIÈRE (Jean-Claude), *La Controverse de Valladolid*
CHEDID (Andrée), *L'Enfant des manèges et autres nouvelles*
Fêtes et lubies
Le Message
CLAUDEL (Philippe), *Les Confidents et autres nouvelles*
FERNEY (Alice), *Grâce et dénuement*
GRUMBERG (Jean-Claude), *L'Atelier*
LAROUI (Fouad), *L'Oued et le consul et autres nouvelles*
MATHESON (Richard), *Au bord du précipice et autres nouvelles*
Enfer sur mesure et autres nouvelles
SAUMONT (Annie), *La guerre est déclarée et autres nouvelles*
WESTLAKE (Donald), *Le Couperet*

Édition revue, 2008.
ISBN : 978-2-0812-1414-9
ISSN : 1269-8822

SOMMAIRE

Aldo, mon ami
et autres nouvelles

■ Annie Saumont.

Brève histoire des histoires

La nouvelle : un genre multiple

Bien qu'elle lui doive son nom (*novella*), la nouvelle n'est pas née avec Boccace en Italie au XIVe siècle. En France, dès le Moyen Âge, le récit bref a conquis son public avec les fabliaux, qui suscitent le rire par la caricature, ou les lais, qui racontent des fragments d'histoires (ainsi, cet épisode de la légende de Tristan et Yseult agencé en vers mesurés, faciles à mémoriser, qu'on appelle *Lai du chèvrefeuille*). Si l'on ajoute les contes didactiques, les exemples de sermons, les débats, on obtient une autre des caractéristiques du genre : une invitation à la réflexion, en particulier sur la morale.

La nouvelle, qui se définit en premier lieu par sa brièveté, a pris, au fil du temps, différentes couleurs. Au XVIIe siècle, Charles Perrault remet à l'honneur le genre mineur des contes en l'ancrant dans le registre du merveilleux. Son recueil, *Les Contes de ma Mère l'Oye* ou *Contes du temps passé*, paru en 1697, inaugure une vogue qui devait durer un siècle. De fait, au XVIIIe siècle, « tout le monde conte », dit-on alors, et le conte de fées devient plus clairement didactique : aussi Mme Leprince de Beaumont nous enseigne-t-elle que c'est par sa générosité que la Belle obtient le cœur de la Bête, en même temps que sa métamorphose en prince. Dans le même temps, les contes prennent parfois une couleur orientale qui, non seulement, rencontre la faveur des lecteurs attirés par l'exotisme, mais sert aussi de paravent à deux genres littéraires qui eussent été, sinon, censurés : le récit érotique et le conte philosophique. C'est par l'effet d'une transposition littéraire en d'autres temps et lieux que le *Candide* de Voltaire parvient à dénoncer les guerres de conquête, l'esclavage, les superstitions de son époque.

Tout au contraire, au XIXe siècle, Balzac, Mérimée ou Maupassant offrent à leurs lecteurs des centaines de nouvelles « vraies et étonnantes », avec l'intention d'y proposer une vision critique de l'existence. Pour satisfaire à l'illusion du réel, ils ne craignent pas d'imaginer, en guise d'ouverture à l'histoire qu'ils vont narrer, le témoignage du pseudo-conteur : « Il m'est arrivé une singulière aventure que je vais maintenant vous raconter... » Ce siècle voit aussi l'explosion du genre fantastique, alimenté par de nombreuses nouvelles qui rendent compte d'un souci très moderne : explorer les chemins du rêve et de la folie. Ainsi Maupassant, passionné par les travaux sur l'hypnotisme du professeur Charcot (1825-1893) et attiré par ses propres abîmes, imagine l'histoire du *Horla*, dans laquelle un homme, en proie à des hallucinations, sombre peu à peu dans la folie. Les nouvellistes du courant réaliste privilégient un type de récit bref encore très pratiqué de nos jours et où l'intérêt du texte réside le plus souvent dans le fait qu'il raconte un moment de crise.

Au XXe siècle enfin, la nouvelle affiche une ambition renouvelée en reprenant à son compte la grande innovation technique du roman contemporain : le « flux de conscience[1] ». Ce mode de narration se prête en effet particulièrement bien au récit

1. De Proust (1871-1922) à James Joyce (1882-1941), de Virginia Woolf (1882-1941) à Nathalie Sarraute (1900-1999), de nombreux auteurs utilisent ce mode de narration, qui consiste à décrire le réel à travers la conscience d'un personnage-narrateur. Le lecteur n'a ainsi accès qu'à une vérité subjective, celle du seul ressenti du personnage, à la différence, par exemple, des romans de Balzac, où le narrateur est « omniscient » et, se situant au-dessus de ses personnages, n'hésite pas à découvrir à son lecteur la conscience de chacun d'entre eux.

bref : instants privilégiés où le personnage accède à une perception plus fine de circonstances ordinaires de sa vie, brève rencontre qui change le cours des choses... Cependant qu'ils semblent s'éparpiller en myriades d'éclats de consciences individuelles, les grands recueils de nouvelles exaltent l'art de la spontanéité travaillée.

Reconnue par la critique et par des milliers de lecteurs anonymes, Annie Saumont est l'héritière de tous ces nouvellistes que leur métier engage. En découvrant ses textes aux accents familiers, nous entrons dans son univers, nous explorons « le pauvre cœur des hommes ». Ses personnages – ici des enfants et des adolescents –, ceux qui les entourent et à qui ils s'adressent ont les voix de ceux que nous côtoyons.

Qui est Annie Saumont ?

Des livres à l'écriture

Annie Saumont vit à Paris au milieu des livres.

Une petite fille « qui lisait dans la rue en allant aux provisions », c'est ainsi qu'Annie Saumont se remémore l'enfant qu'elle était. Il fallait toujours l'arracher à la lecture : « Attends, je finis mon chapitre. » Chez ses parents, quelques livres d'étrennes dans une armoire vitrée. C'est la bibliothèque municipale de sa petite ville de province qui lui fournit ses premiers éblouissements. Elle lit tout ce qui s'offre là : Giraudoux [1] l'émerveille, comme plus tard Claude Simon [2]. Et puis, dès six ans, à l'école, tout ce qui

1. *Giraudoux* (1882-1944) : écrivain français, auteur de romans et de pièces de théâtre.
2. *Claude Simon* (1913-2006) : écrivain français, prix Nobel de littérature en 1985.

l'intéresse, c'est d'être la « première en français » : elle sait alors qu'elle veut écrire.

Dans les années 1960, elle dépose elle-même son premier roman chez les éditeurs parce que, « par la poste, c'était cher » ; il est retenu aux Éditions de Minuit. Elle est aujourd'hui sévère pour l'écrivain débutant qu'elle fut : « J'écrivais comme on respire ; aujourd'hui, je travaille comme une dingue. »

Travailler, c'est réécrire, reprendre un mot, pour faire que cela soit plus juste, plus dense et plus court. Très vite Annie Saumont s'oriente vers la forme brève, mais ce n'est pas ce que les éditeurs attendent. En France, en effet, les recueils de nouvelles ne bénéficient pas de la même faveur que les romans : moins défendus par les éditeurs et la presse, ils n'atteignent que très rarement les ventes des romans. Ainsi, en 1981, malgré le prix Goncourt de la nouvelle qui la récompense pour son recueil *Quelquefois dans les cérémonies*, Gallimard, pour satisfaire au goût d'un plus large public, réclame un roman à Annie Saumont. Elle change alors d'éditeur.

Depuis une dizaine d'années, elle est principalement éditée par la maison Julliard, et la plupart de ses recueils sont disponibles en collection de poche : *Les voilà, quel bonheur*, *Embrassons-nous*, *Après*, *Je suis pas un camion*. C'est du reste avec ce dernier recueil que lui viendra la reconnaissance du public, tant en France qu'à l'étranger, où ses textes sont largement traduits.

Dans le même temps, pour vivre et après des études reprises à quarante ans, Annie Saumont a été traductrice. Avec d'autres, elle se bat pour défendre les droits du traducteur, participe à la création de l'Association des traducteurs de langue française (ATLF). Beaucoup de romanciers contemporains nous sont aujourd'hui accessibles grâce à elle : V.S. Naipaul, N. Gordimer, John Fowles, Salinger et son *Attrape-Cœur*. Annie Saumont parle de la traduction avec beaucoup d'humilité : il faut, dit-elle, se méfier de son propre style, rester fidèle à la voix de l'auteur.

Quelqu'un se met à parler

La voix des autres, précisément, c'est ce à quoi les nouvelles d'Annie Saumont nous donnent accès. Qui sont ces autres ? Des gens ordinaires. Elle-même se peint en marionnettiste qui, tirant sur un fil, ferait descendre des cintres un être de papier appelé à devenir personnage : l'éclairage est sur lui, il se met à parler, on entend sa voix. Pas besoin ici de savante mise en scène. Tout au contraire, le choix de la forme brève – « ramassée », préfère dire l'auteur – donne un impact plus fort à ces textes. On pense à l'admiration de Baudelaire pour Edgar Poe, qui, dans ses nouvelles comme dans ses poèmes, appliquait pour principe d'écriture : « Tout pour le dénouement[1]. »

À l'image de Poe, Annie Saumont « supprime les accessoires », grâce à quoi « l'idée génératrice se fait mieux voir et le sujet se découpe ardemment sur ces fonds nus[2]. » En effet, elle escamote de ses narrations le moindre croquis descriptif ou le réduit à quelques indices de la vision partielle d'un personnage. Si nous sommes capables d'« imaginer » un décor, il restera pour beaucoup fragmentaire. Quant aux portraits, ils sont minimalistes.

Ces nouvelles sont souvent conçues pour être lues à voix haute, devant un public. Annie Saumont est d'ailleurs une poignante lectrice de ses propres œuvres ; voilà dix ans qu'elle a découvert le plaisir de lire devant des élèves, dans leur classe, ou bien de confier ses textes à de jeunes comédiens pour qu'ils en fassent résonner l'accent singulier.

D'où viennent-elles, ces voix qui nous semblent appartenir à des gens que nous croisons ? Comme beaucoup d'écrivains, Annie Saumont aime se rendre au café du coin, pour écrire. Là,

---

1. Charles Baudelaire, *L'Art romantique*, « Notes nouvelles sur Edgar Poe », GF-Flammarion, 1968, p. 187.
2. *Ibid.*, « Edgar Allan Poe », p. 142.

elle capte une conversation au vol, se prend à écouter l'histoire que raconte son voisin, et ces lambeaux deviennent les matériaux à partir desquels elle nous raconte par l'écriture nos propres vies.

Les personnages qui s'expriment sous la plume d'Annie Saumont ont en commun d'avoir tous quelque chose de cassé, une fêlure qui se colmate – ou devient béante – sous nos yeux. Chaque nouvelle de ce volume nous fait entendre des voix d'enfants ou d'adultes restés soudés à leur jeunesse marquée par une secrète blessure. L'auteur leur administre le *pharmakon* du langage : se raconter en évitant ou en prononçant le mot qui blesse, le répéter, lui conférer une valeur efficiente ; ce sont les moyens que les personnages adoptent pour se guérir ou simplement faire face. Le héros de *Est-ce que ça existe l'Australie* est à cet égard représentatif. Lui qui imagine qu'on peut littéralement « manger les livres » avale des phrases d'almanach, des connaissances sur le monde qui l'empêchent, pour l'heure, de se trouver confronté à la vraie question : d'où je viens ? – qui risque de le terrasser. On reste ici dans les limbes, avant la révélation, alors que d'autres personnages sont projetés face à la vérité de leur souffrance.

De phrase en phrase, Annie Saumont convie son lecteur à recevoir les confidences de ses personnages, à être le témoin de telle scène anodine et essentielle à la fois, à élargir enfin sa propre vie à ces histoires de solitude, de rébellion, d'« inespoir ». Ainsi sollicité, le lecteur fait, pour ainsi dire, « exister » véritablement l'ouvrage. Selon l'auteur, en effet, une nouvelle ne trouve son achèvement qu'avec la participation du lecteur et c'est pourquoi, dans chacun de ses recueils, elle glisse une histoire dont « vous ferez ce que vous voudrez », dont le lecteur est le seul à connaître la fin puisque c'est lui qui l'invente.

On peut redire ici ce qu'écrivait Virginia Woolf à propos de l'écrivain américain Hemingway : « Quand on laisse parler des personnages de fiction, il faut que ce soit parce qu'ils ont quelque chose de tellement important à dire que le lecteur en sera incité à prendre plus que sa part de l'œuvre de création. »

Cela ne veut pas dire pour autant que le lecteur est seul destinataire[1]. Dans certaines nouvelles comme *J'l'ai rendu* ou *Aldo, mon ami*, le narrateur s'adresse en effet à une deuxième personne. Dès lors, le statut du lecteur se modifie, dans la mesure où celui-ci se pose en intrus, entend des confidences qui ne lui étaient pas destinées. Mais c'est sans doute cette intrusion secrète dans l'univers d'Annie Saumont qui fait de la lecture un moment fort et privilégié.

Le monde d'Annie Saumont

Misères

Beaucoup des récits d'Annie Saumont sont ancrés dans un univers où sévit la misère, car, dit-elle en citant Raymond Queneau : « On ne peut pas écrire le bonheur. »

La misère peut être une misère sociale et prendre la forme d'un extrême dénuement, dans les deux pays (d'Amérique latine ?) évoqués dans *La Plage* et dans *La Bâche* : ici, des enfants passent des rires à la désolation ; là, un homme songe devant la plage à son enfance et aux humiliations qu'il a subies lorsque sa culotte trouée voisinait à l'école avec les sandales dorées qu'une petite fille portait avant de les « jeter ». Le clivage est renouvelé à l'âge adulte : l'homme transpire sous un treillis taché de graisse en regardant une jeune fille étreindre une planche de surf jaune orange. La révolution pour laquelle il œuvre changera-t-elle un

1. *Destinataire* : personne à qui s'adresse le discours.

ordre des choses garanti par un dieu auquel s'adressent indifféremment riches et pauvres ?

Misère d'ailleurs, misère d'ici, dans les cités où sévit le racisme et où les bâtiments abritent l'ennui : « Des mômes qui s'emmerdaient ferme, ça les amusait de s'en prendre au nouveau » (p. 40). À Roubaix, dans le Nord, la misère morale, qui trouve une échappatoire dans la violence conjugale, s'est développée dans « un quartier pas terrible » (p. 54-55). On y croise des parents qui n'arrivent pas à payer le loyer (*Est-ce que ça existe l'Australie*) et une grand-mère à qui « la bouteille » donne parfois l'illusion du bonheur (*Tout finira par s'arrêter*). Il faut l'énergie de l'héroïne de *J'l'ai rendu* pour croire en l'avenir : « Si des fois on nous aidait, en confiance, qu'on nous tendait la main... » (p. 27). D'autres adultes, plus fatalistes ou plus lâches, excusent la violence enfantine par un pitoyable : « C'est la faute à l'époque » (*Doumbo*, p. 50).

Adultes

Auprès des enfants, des figures d'adultes se dessinent, et leur rôle est suggéré par une caractérisation succincte.

Il est des parents absents, ou si distants qu'ils sont inefficaces, comme « les mères » qui se rassurent elles-mêmes plus qu'elles ne conseillent : « jouez à des jeux tranquilles », une injonction dont le narrateur signale la faiblesse, dans *Doumbo* (p. 46). L'aveuglement sur le danger encouru par l'enfant est matérialisé par l'éloignement de plus en plus manifeste de la mère, dans *Il revenait de Chicago, Papa*. De même, la lâcheté de la mère tourne à la complicité avec le mal dans *Seize ans Paris*, lorsqu'elle fait taire les questions de sa fille Irène sur le marché noir ou recouvre du mensonge la disparition de ses compagnes de classe juives.

Annie Saumont met aussi en scène des parents ordinaires, qui se disputent mais que l'enfant imagine pouvoir réconcilier s'il les envoie sur Mars ou sur Vénus, avec la certitude que

« bientôt [ils] seraient tristes d'être séparés » (*Est-ce que ça existe l'Australie*, p. 64). Du reste, la maladresse des parents ne veut pas dire qu'ils n'ont aucun amour pour leur enfant, et c'est sans doute par là qu'Annie Saumont est au plus près de la vie réelle. Il n'y a pas de morale à ces histoires, seulement une exigence de lucidité.

La nouvelliste dénonce des adultes impuissants et aveugles. La bonne volonté semble vouée à l'échec, dans la mesure où la candeur va de pair avec l'aveuglement. Cette candeur est celle du père d'Anna Maria Angelica, qui pense vivre selon l'esprit évangélique en construisant une école sur ses terres et veut envoyer ses « enfants à l'école. / Avec les pauvres. / Afin que riches et pauvres apprennent à se connaître. / À s'aimer » (*La Plage*, p. 21). C'est aussi celle de l'ami d'Anne, qui croit venir à bout de la souffrance, matérialisée par l'« insolite » dans le regard de sa secrétaire, en l'aimant. « Il va l'épouser. Il saura la rendre heureuse » (*Il revenait de Chicago, Papa*, p. 78). Or la solitude des êtres est irréparable.

Et les adultes passent, sans les voir, à côté des signaux de la souffrance. Ainsi, un maître fait « copier cent fois que l'Australie est un territoire de 7 631 668 kilomètres... » en réponse au questionnement douloureux d'un enfant (*Est-ce que ça existe l'Australie*, p. 65).

Il existe néanmoins des adultes lucides et actifs. Le maître d'école de *La Plage* a confiance dans sa fonction de régulation sociale : « En classe vous êtes tous semblables » (p. 22) ; la maîtresse de *Seife aus Paris* tente un acte de résistance à l'intérieur de sa classe. La juge de *J'l'ai rendu* peut, si le lecteur le décide, être sensible à l'expression du désarroi de la narratrice dans la chute de la nouvelle : « vous croyez pas que pour une meuf de seulement vingt balais ça suffit la galère ? » (p. 30). Il est des mères tutélaires[1], à l'image des Sœurs de la Compassion, dans *La Bâche*. La mère d'accueil de *59 Roubaix* a aussi une fonction

1. *Tutélaires* : protectrices.

protectrice : non contente d'élever l'enfant, elle veut le protéger de la mémoire de son passé en faisant taire son mari.

Fraternité et solitude

La relation décisive qui féconde l'univers de l'enfance est l'amitié, qu'elle se renforce ou se distende lors de l'adolescence. Plusieurs des discours qui constituent ces nouvelles sont adressés à des amis. L'acquiescement immédiat et la solidarité caractérisent ce lien : « On s'est regardés tu m'as souri. J'ai souri » (*Aldo, mon ami*, p. 40). Le narrateur ici veut se convaincre que l'amitié qui l'unit à son camarade, et qui s'est construite dans l'adversité lors de la petite enfance, est indéfectible : « Aldo, mon ami, le matin du grand jour je serai seul à t'attendre au portail. Je ne t'abandonnerai pas... » (p. 43).

Une seule menace pèse sur cette relation : l'irruption de l'« Autre ». L'ouverture de la bande à « la fille » entraîne le drame dans *Doumbo* : « La fille on aurait voulu l'épater et en même temps elle nous intimidait »... « Alors elle a pris le commandement » ; et « C'est la fille la première qui a lancé, l'air pas commode, Attends bonhomme... » (p. 48). Dans l'enfance, la séparation des sexes semble de mise. L'adolescent restera plus ou moins longtemps fidèle à ses principes : « Les filles parlent idiot, sentent bizarre » (*Aldo, mon ami*, p. 40). Ainsi : « Aldo, beau comme tu l'es tu te serais laissé consoler par une autre de ces dragueuses » (p. 44). L'éveil amoureux sonne ici la fin de l'enfance.

De leur côté, les jeunes héroïnes offrent des instantanés sur les gestes de la séduction féminine en germe chez les adolescentes. Dans *Seife aus Paris*, l'héroïne demande à son oncle Jean de « renouer son ruban ». Elle est atteinte d'une sorte de bovarysme[1], elle rêve d'une existence romanesque : « tu voulais

1. *Bovarysme* : terme formé à partir du nom de l'héroïne de Flaubert, madame Bovary, et qui désigne une tendance à s'évader dans l'imaginaire pour fuir les déceptions d'une vie médiocre.

mourir pour lui ». Dans *J'l'ai rendu*, c'est déjà presque une adulte qui se rend compte que les mots du « Mal-Aimé » d'Apollinaire lui permettent de nommer ce qu'elle éprouve : « Mon type me larguait. J'étais dehors et je me sentais prisonnière. Du malheur. La tête le cœur qui se vident » (p. 29). Plus haut elle citait : « *Mon cœur et ma tête se vident / tout le ciel s'écoule par eux* » (p. 28).

Ces apprentissages des amours humaines sont difficiles. Il n'y a pas d'innocence. L'enfance est minée par la prescience ou l'expérience de la difficulté de vivre. Elle peut seulement chercher à être épaulée dans son désarroi. Et il n'y a rien de plus troublant que la solitude d'Enrique dans *La Bâche*, lorsque « les autres l'ont lâché » (p. 74). Nombreux sont les héros d'Annie Saumont qui souffrent de la solitude, de l'homme sur la plage à la jeune héroïne de *J'l'ai rendu*. La solidarité n'entraîne donc pas toujours la fin du tourment.

Le secret

Le plus souvent dans ces nouvelles, une voix se fait entendre ou, si le personnage a été rendu mutique par excès de souffrance, la narratrice prend le relais. Au cœur de ce qui pourrait passer pour du babillage, la parole délivre en quelques pages un secret. La lecture de ces textes réclame alors une grande vigilance : donner du sens, c'est nommer ce que le personnage ignore de lui-même et ce dont la formulation serait sûrement libératrice. Par exemple, on pressent que les nombreuses questions posées par l'enfant de *Est-ce que ça existe l'Australie* sont destinées à l'empêcher de poser la seule qui lui importe vraiment : celle qui mettrait au jour la bâtardise, renouvelée à chaque génération dans sa famille.

Ce secret est parfois si enfoui que le personnage peut le croire à l'abri d'un périlleux dévoilement, et le plaisir du lecteur est quasiment celui d'un détective, outre celui d'un créateur. Dans *Seife aus Paris*, nous partageons à la fois le secret d'Irène sur le choix du prénom de son enfant, et celui de son mari, qui sait ce qu'elle lui a caché et le lui dit, « sans prononcer les mots » (p. 38). Le lecteur, en collectant les indices, donne corps à la voix, rassemble les éléments du sens, et apprend ainsi le fonctionnement de l'âme humaine : par exemple, le goût pour la douceur (« blancs en neige et sucre rose ») qu'éprouve le narrateur de *Doumbo* est une sorte de contre-poison à l'acte de violence collective qu'il a longtemps occulté. La mise au jour de ce secret, par cette voix qui ne se parle qu'à elle-même, naît sans doute de la nécessité d'obtenir de soi un pardon pour continuer à vivre.

Il y a en outre des paroles qui tentent de dire l'indicible, ce qui est si difficile à vivre qu'on ne peut l'exprimer que maladroitement, et sur tous les modes, de l'explicite colère au sous-entendu. D'abord, il y a l'amour : « parce que je tiens à toi » (p. 43), dit le narrateur à Aldo, son silencieux ami ; mais surtout la souffrance amoureuse, lorsqu'on est regardé comme un autre, « un pauvre », ou bien comme une fille dans une bande de garçons : « J'avais pensé [...] qu'il voudrait me montrer à ses potes. Erreur, voulait pas » (*J'l'ai rendu*, p. 26). Mais il est question surtout de l'atteinte à l'intégrité physique : un enfant est « cogné » par son père ; un autre craint « l'homme au fusil » dont la peur se renouvelle à chaque génération, car c'est lui qui viole les petites filles, dont celle que fut la grand-mère (p. 72). Le Mal le plus terrible est sans nul doute celui que subit l'enfant victime de l'inceste (*Il revenait de Chicago, Papa*). Faute de trouver une oreille à qui le confier, Anne n'a de ressource que de se fuir elle-même (elle « se fait appeler Anita ») et de devenir mutique : « Ma mère et moi ? Ça baigne » (p. 78). Il faut entendre la douleur impossible à dire dans le geste de tuer son ami et la répétition des mots (des maux ?) de son père.

Annie Saumont révèle les douleurs de l'âme, mais aussi toute la souffrance sociale qu'elles engendrent. Et elle invite le lecteur à ne pas relâcher sa vigilance une fois le livre refermé.

Aldo, mon ami
et autres nouvelles

La Plage

Elle marche sur le sable.

Le sable est gris la mer est blanche et grise. La plage immense.

Elle marche. Une fille en maillot de bain portant sous le bras sa planche de surf. Ciel blanc. Un soleil blanc que voile une buée légère.

La plage est immense. Comme l'océan comme le ciel. Une fille marchant sur la plage. Seule. L'empreinte de ses pas ne brouillera que les traces ténues [1] laissées par les mouettes.

Jaune orange la planche de surf. Bleu le maillot, d'un bleu pervenche. Corps bronzé de la fille. Taches insolites dans un monde presque incolore. Cheveux lisses et si blonds si pâles qu'ils se confondent avec le ciel.

La fille marche sur le sable. À grands pas. Vive et souple.

L'homme regarde.

Il est au bord de la plage entre les buissons de tamaris [2] et le chemin qui va vers la forêt. Il est là depuis longtemps déjà. Il a vu la fille danser sur l'écume. Il l'a vue en haut de la vague et soudain basculant au creux d'un rouleau. Il l'a vue et puis il ne voyait plus qu'une épave à la dérive. Il l'a vue à nouveau debout sur la planche, jambes un peu fléchies bras en balancier cherchant perdant retrouvant son équilibre.

---

1. ***Ténues*** : presque imperceptibles.
2. ***Tamaris*** : arbustes au feuillage léger et aux délicates fleurs roses.

Dans la frange de sable mouillé les mouettes sont alignées immobiles en un rang presque parfait. Leur énorme bec pointant vers le large.

L'eau monte. Il a vu la fille étreindre la planche, attendant que le flot la ramène au rivage.

Anna Maria Angelica.

Il est derrière les tamaris. Brun et solide. Vêtu d'un treillis léopard, chaussé de rangers. Tenant son fusil. Ici de tout temps on a eu des fusils. Dans chaque demeure chaque maison chaque cabane de bois ou de tôle chaque homme possède un fusil et parfois les enfants s'en emparent. Un jour – il devait avoir huit ou dix ans – il a visé une mouette sur la plage. C'était un jeu. C'était pour faire comme si. Et puis il a tiré.

Dans ce pays son pays où il est né et a grandi, d'ordinaire on ne tue pas les mouettes. On dit que ça porterait malheur.

L'eau monte.

Il regarde la fille qui traverse la plage.

À sept heures – ce matin comme tous les matins depuis des semaines ou des mois qu'il a rejoint les rebelles – on lui a passé les consignes : surveiller la plage, en interdire l'accès. Tel est l'ordre. Aujourd'hui. Tel est le lieu. Demain ce sera ailleurs. Et autre chose.

Parfois le soleil dissipe la brume, le sable devient jaune, la mer est bleue. Pour un instant. L'air est brûlant. L'homme essuie du bras la sueur sur son front.

La fille marche, fraîche et paisible.

Anna Maria Angelica.

Il avait dix ans, il allait à l'école. Pas tous les jours mais souvent. Se rassemblaient à l'école des gamins comme lui, taciturnes [1],

---

1. ***Taciturnes*** : qui parlent peu, sérieux.

et leurs sœurs et leurs cousines, si jeunes et déjà trop sérieuses qui disaient Il faut, ou bien Il ne faut pas. Teint sombre, cheveux noirs. Dans les yeux de la crainte, parfois de la colère. Et puis une douceur obstinée, Jésus nous aime et nous bénit, Dieu le Père a créé le monde. Le monde est comme Dieu l'a voulu.

Avec des riches et des pauvres. Les riches ont employé les pauvres à bâtir des murs autour de leurs domaines. Ils ont employé des pauvres à les protéger des pauvres encore plus pauvres. Les riches se tiennent à l'abri dans leurs riches propriétés. Eux aussi s'en remettent à Dieu, le glorifient, mais ils s'enferment entre des murs épais, derrière des portes massives, ils ne viennent pas se mêler aux pauvres.

Un jour elle est venue.

Anna Maria Angelica.

Parce que c'était son père qui avait donné l'argent pour l'école. Son père était un de ces riches qui voulaient se montrer charitables [1], qui offraient un hangar sur leurs terres, l'équipaient de bancs et de pupitres, recrutaient un maître à la ville. Et puis envoyaient leurs enfants à l'école.

Avec les pauvres.

Afin que riches et pauvres apprennent à se connaître. À s'aimer. Disaient-ils.

La fille marche sur la plage. Elle a longé le poste des garde-côtes qui tout l'été est resté fermé. Elle a laissé sa planche dans l'appentis [2]. Elle s'est dirigée vers la dune. L'homme voit au bas de la dune les sandales, la jupe étalée, près de la serviette de bain, rectangle blanc sur le sable gris.

La fille se retourne. Elle regarde.

---

1. ***Charitables*** : qui font preuve de générosité et de compassion.
2. ***Appentis*** : remise.

Il a trop chaud, il a soif, l'eau de la gourde est tiède et saumâtre[1]. Les insectes bruissent dans les tamaris. Des tamaris bordaient la cour de l'école. La limousine[2] ralentit et s'arrête devant l'entrée. Le chauffeur ouvre la portière et Anna Maria Angelica franchit allégrement le grillage arraché, vive et fière, en robe brodée. Les cheveux retenus par une barrette de nacre.

Et lui près des tamaris, en treillis taché de graisse et de cambouis le fusil à la main. Ayant pour consigne de surveiller la plage. De tirer sur tout ce qui bouge.

Elle ne bouge pas.

Très vite il a appris à lire. Le maître disait, lui tapotant l'épaule, Roberto c'est bien c'est très bien, lui passant les doigts dans les cheveux il détestait. Le maître disait aussi, Anna Maria Angelica ça n'est pas mal, sans toucher aux cheveux pâles. Le maître disait encore, Anna Maria Angelica tu fais des progrès, continue, mais lui il était sûr qu'elle n'apprenait rien ou pas grand-chose, la guettant à la dérobée, elle avait toujours l'air de rêver, et une fois le maître a dit, Anna Maria Angelica un peu d'attention je te prie, Roberto lit mieux que toi.

Et elle, Oui mais Roberto c'est un pauvre. Le maître demandait, Que dis-tu ? Anna Maria Angelica marmonnait tête baissée. Si elle avait parlé plus clairement le maître aurait osé une réprimande[3], En classe vous êtes tous semblables, des enfants qui tous viennent ici pour s'instruire.

Il sait lire. Il lit les consignes sur le morceau de carton d'emballage affiché dans le baraquement qui ressemble à la maison d'école. Le maître disait que tous devaient apprendre à lire mais aussi à bien se conduire parce que les bonnes manières c'était important dans la vie. Anna Maria Angelica était comme une fleur de serre qui pousse parmi les ronces.

---

1. ***Saumâtre*** : salée.
2. ***Limousine*** : voiture de luxe.
3. ***Réprimande*** : avertissement, blâme.

Elle s'est assise sur la serviette de bain. Elle n'a pas remis la jupe ni les sandales. Elle ne bouge pas.

La consigne est de tirer sur ce qui bouge. Rien ne bouge que la mer. Parfois une mouette. Et puis une autre.

L'eau monte.

La fille s'est agitée soudain. Il l'observe, Allons décampe. Elle se lève, d'un geste nonchalant plie la serviette de bain, puis enfile sa jupe et l'agrafe, arrange un peu ses cheveux, prend les sandales. Elle va partir. Elle ira boire un piña colada [1] au bar du Hilton. Le Hilton Vista quatre étoiles est le seul hôtel encore ouvert. Partout au Hilton, près des bassins et des fontaines sur les terrasses dans les salons le bar les restaurants et les corridors sans fin avec leurs guirlandes de stuc [2] et leurs miroirs à dorures, partout il y a la police.

Il sait lire. Il aurait pu à douze ou treize ans se présenter au Hilton pour l'embauche. Le maître disait, Roberto c'est bien, tu travailles, tu auras plus tard un bon métier. Il pouvait aussi aller à l'entraînement afin de s'engager un jour dans la police.

Il aurait aimé s'asseoir près d'Anna Maria Angelica, lui rabâcher sa page. Moi je sais, je vais t'apprendre.

Anna Maria Angelica légère dans les étoffes précieuses, changeant chaque jour de robe. Nouant sur la mousseline [3] des ceintures en ruban. Disant, J'ai jeté mes chaussures dorées et maman d'une voix très fâchée, On ne jette pas on donne aux pauvres.

Regarde, maman m'a dit de t'apporter ça. Elle tend à Roberto le sac de papier brun. Il en sort un pantalon de toile. Elle dit, C'est à mon frère mais mon frère n'en veut plus. Ça vaudra toujours mieux que ta culotte [4] trouée.

---

1. ***Piña colada*** : boisson fraîche à l'ananas.
2. ***Stuc*** : plâtre qui imite le marbre.
3. ***Mousseline*** : tissu léger.
4. ***Culotte*** : bermuda.

Il a pris le vêtement d'une main et de l'autre explore, vérifie, oui sa culotte est trouée. Et dessous il n'a pas de slip. Il n'aura pas de slip avant lundi prochain quand sa mère aura fait la lessive.

Anna Maria Angelica.

La plage est immense et grise.

Des deux mains il tient son fusil. La fille un instant virevolte [1] dans le tournoiement de la jupe soyeuse. Elle passe à son poignet les lanières des sandales. Elle marche pieds nus sur le sable.

Anna Maria Angelica. C'est elle. Ou bien une autre. Derrière elle une mouette se pose et sautille.

L'homme lentement soulève le fusil. Appuie la crosse contre son épaule.

L'eau monte.

Les voilà quel bonheur

---

1. ***Virevolte*** : tourne rapidement sur elle.

J'l'ai rendu

Pas vraiment un look branché, le motard à la Kawa [1]. Mais on sentait qu'il avait guère à se casser [2] pour survivre, que tout lui était servi sur un plateau d'argent. Ma grand-mère aurait dit qu'il était né coiffé [3]. Il était plutôt décoiffé, la frange jusqu'aux sourcils. Moches les hublots [4]. Non, vous m'arrêterez pas madame la Juge, faut que je cause j'ai pas d'avocat. Moche le pif entre les hublots. Moche la tronche dans l'ensemble. Madame la Juge vous voyez le genre. Y avait que le blouson qu'était pas nul.

Et encore. Un blousbac sans marque spéciale, ni Schott ni Adidas et qu'avait été malmené. Pas de la camelote, quand même. J'ai flashé sur la couleur. Le noir c'est classe. Moi j'aurais horreur de me saper Benetton [5].

J'ai enfilé le machin vachement large et confort, cocooning [6] garanti. J'ai aussitôt capté que le zip avait foiré et gripperait à tous les coups dans la doublure en Nylon. Ces trucs-là durent qu'un temps. Comme le reste. Comme les amours éternelles.

C'était pas du vol c'était provisoire. Une sorte de prêt à 0 %. Jusqu'à la fin des grands froids. Ça caillait, bordel. Vous madame

---

1. ***Kawa*** : abréviation de Kawasaki, marque de motos japonaises.
2. ***Se casser*** : se donner du mal (familier).
3. ***Il était né coiffé*** : il avait de la chance.
4. ***Hublots*** : ici, les lunettes (ou les yeux ?).
5. ***Benetton*** : dans les années 1980-1990, cette marque italienne de prêt-à-porter fit de nombreuses campagnes publicitaires sur le thème du mélange des couleurs (de peau comme de vêtement).
6. ***Cocooning*** : bien-être, de l'anglais *cocoon* : « cocon ».

la Juge, vous avez quoi pour les grands froids ? Chinchilla[1] ou renard bleu ? Pauvres bêtes.

Celui qu'était mon mec à l'époque, il a dit, Beurk. A demandé, D'où tu tiens ça ? J'ai dit que ça venait du Samu social, le vestiaire pour SDF. S'est marré. J'avais pensé qu'il me trouverait super, qu'il voudrait me montrer à ses potes. Erreur, voulait pas. Un bourge minable. Prêt à se laisser éblouir par les pétasses en Rodier[2]. Ou décolletées jusqu'au nombril, comme les reines du pétrole dans *Dallas*[3].

Le type à la Kawa s'il assurait pas côté fringues il avait des attentions pour sa bécane, deux antivols en U force 10 haute sécurité. Preuve qu'il y tenait solide. Qu'il la protégeait avec la conviction d'un cow-boy veillant sur sa monture. Ou d'un fils veillant sur sa mère. Un du moins qui serait fidèle au Commandement – je sais plus le numéro – *Tes père et mère honoreras*[4]. Mon père et ma mère à moi ont mis les bouts y a des lustres.

La Kawa j'y ai pas touché. J'ai emprunté le blouson que le mickey avait abandonné – façon de s'alléger la conscience quand on s'est offert cette Ninja[5] qui vaut vingt fois le RMI[6]. Pour les Sans[7], l'emprunt est entré dans l'usage, vous savez. Mon soutif[8] aussi, m'dame, je l'ai taxé[9]. Et puis mon tee-shirt et mon slip. Chez Tati[10]. Bon si vous insistez je les rends. J'enlève le haut j'enlève le

1. ***Chinchilla*** : petit rongeur des Andes à fourrure de luxe.
2. ***Rodier*** : griffe de vêtements féminins plutôt haut de gamme.
3. ***Dallas*** : feuilleton télévisé américain qui a pour cadre le Texas, grande région productrice de pétrole.
4. ***Tes père et mère honoreras*** : il s'agit du cinquième des dix commandements, ou Décalogue, ensemble des lois transmises par Dieu à Moïse sur le mont Sinaï (Exode, 20, 12).
5. ***Ninja*** : moto.
6. ***RMI*** : Revenu minimum d'insertion, allocation versée aux plus démunis.
7. ***Les Sans*** : les Sans-domicile-fixe (SDF).
8. ***Soutif*** : soutien-gorge (familier).
9. ***Je l'ai taxé*** : je l'ai volé.
10. ***Tati*** : chaîne de magasins bon marché.

bas[1]. Je me présente à poil devant le tribunal. Comme Ève devant le Juge suprême. Et sûr que moi aussi j'en ai gaulé, des pommes[2]. Pas à la campagne, la nature non, connais pas. En ville, à l'étalage des noiches[3] qu'ouvrent tous les jours même le dimanche.

D'accord, avec les flics j'ai un peu déraillé. Je les ai engueulés pour commencer. Surtout celui qui me serrait de trop près j'aime pas l'embrouille[4]. Un agent de la force publique doit savoir rester cool. Et puis il a prétendu que j'avais des vues sur la Kawa parce qu'autrement ça coinçait, mon histoire, si on tire on s'en vient pas huit jours plus tard remettre l'objet à sa place. A pas pigé que c'est une question de circonstances, le ras-le-bol de toujours pétocher[5], l'envie de renoncer à la délinque[6]. Faut dire qu'après l'accueil glacé de mon mec j'étais mal dans le zonblou. Y avait la solution de le refiler aux bénèves[7] d'un Secours (popu ou catho même combat). Ça m'a semblé plus smart[8] de le rapporter à son propriétaire. Pas de pot d'être prise en flag[9] dans une manœuvre de repentir. J'ai dit (le keuf de service s'en tartinait, probable) que si des fois on nous aidait, en confiance, qu'on nous tendait la main (à nous les marginaux, que les psy nous appellent) ça se pourrait qu'on arrête les conneries. Je m'excitais, je me tapais en dedans des giclées d'adrénaline[10] c'était

---

1. ***J'enlève le haut j'enlève le bas*** : allusion à une campagne publicitaire qui fit scandale dans les années 1980 : une jeune fille, légèrement vêtue, y proférait cette promesse sur de grandes affiches.
2. Allusion à la Bible : au début de l'Ancien Testament, Ève, établie avec Adam dans le jardin d'Éden, vole une pomme sur l'arbre de la connaissance, alors que Dieu le lui avait interdit.
3. ***Noiches*** : Chinois en verlan.
4. ***Embrouille*** : action d'embrouiller les gens, de les tromper.
5. ***Pétocher*** : avoir peur.
6. ***Délinque*** : délinquance.
7. ***Bénèves*** : bénévoles qui animent le Secours populaire ou le Secours catholique, associations caritatives de soutien aux populations défavorisées.
8. ***Smart*** : élégant.
9. ***En flag*** : en flagrant délit.
10. ***Adrénaline*** : hormone secrétée par l'organisme en cas d'agression ou de choc émotionnel.

planant, je croyais voir les mains se tendre. De partout, en bouquets. Mais les nantis quand ils ouvrent leurs paluches [1] c'est encore et toujours pour les refermer sur du fric.

J'ai lu un poème. Le nom de l'auteur j'ai oublié. *Mon cœur et ma tête se vident / tout le ciel s'écoule par eux* [2]. Génial. Juste comme je sens. Celui qu'a écrit ça j'aimerais le connaître. Pas vous ? Moi, madame la Juge, un qui me balancerait son blues avec ces mots-là je serais cap de chialer, puis de m'activer à lui briquer sa piaule, lui préparer la bouffe, faire la poussière et la vaisselle. La nana soumise. Voilée, même. À supposer que mon mec serait pareil je l'aurais jamais quitté. Sauf qu'il m'a jetée, le taré. C'est à cause de lui mes emmerdes.

La poésie on la trouve dans les livres. Mais ça coûte bonbon [3], même d'occase. Ce livre en poèmes avait fallu aussi que je le pique. *Alcools*, c'est le titre du bouquin et d'abord je me figurais que j'y dégoterais de l'info sur les mélanges. Y en a qui prétendent qu'en dosant impec des alcools de plusieurs sortes on se fabrique un supercarburant et une lampée du cocktail speede [4] autant que se shooter [5]. Pour comparer rien ne vaut l'expérience. Mais moi, la came [6], madame la Juge, j'y ai jamais goûté. Et j'y goûterai jamais.

Jamais. Minute. C'est vite réglé. Si vous m'envoyez en cabane [7] y a des chances qu'en ressortant je plonge. Ben oui, les dangers d'un séjour en taule ils l'ont dit à la télé, tout bien expliqué, mauvais exemple mauvais conseils mauvaises fréquentations. C'était la Cinq. Au foyer y avait des filles qui râlaient, ça les rongeait de

1. ***Paluches*** : mains (argotique).
2. ***Mon cœur et ma tête se vident / tout le ciel s'écoule par eux*** : vers tirés de « La chanson du Mal-Aimé », poème de Guillaume Apollinaire (*Alcools*, 1913), voir dossier, p. 102.
3. ***Ça coûte bonbon*** : ça coûte cher (familier).
4. ***Speede*** : dope.
5. ***Se shooter*** : se droguer.
6. ***Came*** : drogue.
7. ***Cabane*** : prison (familier).

louper *Les Feux de l'amour*[1] sur TF1 j'ai tenu bon. Et puis j'ai réfléchi. Aux risques courus en prison. Donc vous avant de me boucler réfléchissez. Pour pas regretter après.

Jamais, je dis. Et lui aussi. A dit Jamais. Dur. À entendre. À prendre en pleine pêche. On se revoit quand ? j'ai demandé. Lui : Jamais.

J'ai fissuré[2]. J'avais la haine. Pour me changer les idées je me suis mise à la choure[3]. Comment ça se terminerait c'était pas le blême. Mon type me larguait. J'étais dehors et je me sentais prisonnière. Du malheur. La tête le cœur qui se vident. Et puis le ventre, la débâcle. À en crever.

J'ai survécu. *Vienne la nuit sonne l'heure / les jours s'en vont je demeure*[4]. Dans le trou. Dans le désespoir. Avec ou sans blouson idem. Donc c'était une connerie ce blous. De le faucher.

Je l'ai rendu. Huit jours plus tard. Je l'ai déposé sur la moto du gogol qui la laissait toujours au même endroit, pas loin de son boulot j'imagine, je passais devant pour aller pointer et en fouinant j'ai vu que ses gants et sa cagoule et ses préservatifs NF[5] traînaient dans la sacoche je les ai pas pris. Devrait bien se montrer un peu moins provoc le frimeur à la Kawa. On cède facile à la tentation quand on est raide[6] et qu'on a pas encore les raisons que j'ai à présent de se foutre de tout, même des coups bas de la météo et des virus.

Madame la Juge, faut comprendre. Y a eu un sale moment où j'ai dérapé. Conséquence d'un chagrin d'amour, circonstance atténuante. Et poisse intégrale puisque j'avais comme l'envie de me racheter.

---

1. ***Les Feux de l'amour*** : célèbre feuilleton des années 1990, caractéristique des *soaps*, séries télévisées américaines.
2. ***J'ai fissuré*** : je suis devenue folle.
3. ***Je me suis mise à la choure*** : j'ai commencé à voler.
4. ***Vienne la nuit sonne l'heure / les jours s'en vont je demeure*** : refrain du « Pont Mirabeau », autre poème célèbre d'*Alcools*.
5. ***NF*** : conforme à la norme française de sécurité.
6. ***Raide*** : fauché, sans argent (familier).

Déjà que j'ai payé. En coinçant la pelure[1] sous la selle du gros cube – sans pouvoir l'attacher solide c'est la faute au zip déglingué, et fissa[2], crainte que le mec s'annonce au tournant, ou un flic (ça s'est prouvé que j'avais pas tort de craindre) – j'ai perdu tout mon bon sens, et qu'est-ce qu'est resté enfoncé dans la poche de ce maudit blouson ? Mon livre.

Le mec à la Kawa sûr qu'il s'en tamponne[3]. Du livre. Des mots du livre. Moi je suis en manque. Juste encore une ligne que je me rappelle *Comment faire pour être heureux comme un petit enfant candide*[4]. Putain. Je craque. Je cause je cause ça aide pas lourd. Et vous me demandez de la fermer. D'accord je la ferme. Mais le blouson je l'ai rendu. J'ai plus rien à me mettre sur le dos plus un chouïa[5] de poésie ni au cœur ni dans la tête.

Madame la Juge, sans vouloir vous apprendre votre métier c'est un job qu'exige qu'on écoute. Et j'ai encore une question à poser. Vous croyez pas que pour une meuf de seulement vingt balais ça suffit la galère ?

Embrassons-nous

---

1. ***Pelure*** : ici, le blouson (familier).
2. ***Fissa*** : vite (argot).
3. ***Il s'en tamponne*** : il s'en moque (populaire).
4. ***Candide*** : innocent, naïf.
5. ***Un chouïa*** : un peu

Seife aus Paris[1]

Il y a eu les trois petites boîtes joliment présentées dans un coffret de carton fort. Trois écrins roses, chaque couvercle orné d'une vignette : la tour Eiffel, l'Opéra, le Sacré-Cœur de Montmartre[2]. À l'intérieur trois savonnettes du même rose tendre.

Tu avais douze ans. Tu n'aimais pas te laver. Ta mère te relevait les cheveux, baissait le col de ta chemisette. Suivait du doigt la frontière entre le propre et le gris. Te privait de chocolat.

Non. J'exagère. C'étaient des temps sans chocolat. Du chocolat pour le quatre heures on trouvait ça dans les histoires d'enfants qui ne connaissent pas la guerre.

Ta mère assurait que tout au long de l'autre guerre, la Grande[3], elle avait eu du pain sec au goûter.

Des temps sans chocolat. Et sans savon. Que remplaçait mal un curieux produit fabriqué avec des feuilles de lierre et qui moussait à peine. Aurait toutefois suffi pour ôter la crasse sur ton cou. Pour effacer cette ligne de démarcation entre la zone chaque jour mouillée (va te laver les mains et la figure) et le reste du corps que Fernande – la bonne – astiquait une fois par semaine en te forçant à t'accroupir dans une bassine galvanisée[4]

1. ***Seife aus Paris*** : en allemand, « savon de Paris ».
2. ***Sacré-Cœur de Montmartre*** : basilique située à Paris sur la butte Montmartre ; haut lieu touristique.
3. Il s'agit de la Première Guerre mondiale (1914-1918).
4. ***Bassine galvanisée*** : cuvette de métal.

remplie d'eau tout juste tiède. L'ersatz[1] au lierre avait une odeur rance[2].

Ce coffret des trois Savons de Paris (*SEIFE AUS PARIS* c'était écrit) tu l'as contemplé comme un cadeau-miracle. Quand ton oncle a donné le paquet à Maryse – ta mère – qu'elle l'a pris l'a ouvert et t'a laissé admirer les boîtes (le savon à l'intérieur ne t'intéressait pas autant que l'emballage) tu as murmuré, C'est joli.

Et puis en sautillant d'excitation tu demandais, Oncle Jean, est-ce que ça vient du Marché Noir[3] ?

Pour toi le Marché Noir c'était comme un grand magasin du genre Samar[4] ou Manufrance[5].

Un instant ton oncle Jean a eu l'air embarrassé. Ta mère a dit, Tais-toi Irène. Ajoutant selon l'habitude, Les enfants bien élevés on ne les entend pas.

Tu étais une fillette bien élevée. Qui ne mettait pas les coudes sur la table. Qui fréquentait l'église et un cours de maintien[6]. On t'enseignait à te tenir droite épaules dégagées menton levé sans arrogance, on t'enseignait à ployer le genou devant la lampe rouge du Saint-Sacrement[7] et aussi (en un mouvement juste esquissé) pour saluer les amies de ta mère réunies au salon, buvant une infusion.

Ému par ton visage contrit[8] l'oncle t'a fait un clin d'œil, a touché ta main et il a dit, Ne la grondez pas, Maryse. Elle n'est encore qu'une petite fille.

---

1. ***Ersatz*** : produit de remplacement, en période de pénurie (mot allemand).
2. ***Rance*** : se dit d'une odeur forte et désagréable.
3. ***Marché Noir*** : circuits clandestins où, sous l'occupation allemande, on pouvait se procurer les marchandises rationnées, à des prix élevés.
4. ***Samar*** : la Samaritaine, grand magasin parisien.
5. ***Manufrance*** : ancien catalogue de vente par correspondance.
6. ***Cours de maintien*** : les jeunes filles de la bourgeoisie y apprennent à se comporter avec aisance en société.
7. ***La lampe rouge du Saint-Sacrement*** : dans les églises catholiques, une lumière rouge brille à côté du tabernacle où sont conservées les hosties pour symboliser la présence du Christ.
8. ***Contrit*** : penaud, qui se sent en faute.

Petite ? Oui. Petite mais déjà amoureuse. Follement. De lui. L'oncle Jean.

N'est-ce pas ?

Ton père était dans un stalag [1]. Son jeune frère se chargeait de fournir à ta mère des vivres, du tabac des lainages. Et la ficelle pour les colis. L'oncle Jean qui aurait dû partir pour le front en juillet de l'année 40. En juin l'armistice avait été signé.

Tu l'aimais. Cet oncle charmant. Tu pensais à lui sans cesse. Le soir tu avouais ta passion à ton oreiller. Tu répétais, Je t'aime je t'aime. Te cognant un peu la tête contre les barreaux du lit. T'arrangeant pour que ça ne fasse pas trop mal.

Jean. Tu l'aimais.

En présence de ta mère tu l'appelais oncle Jean. Mais dans tes rêves tu disais Jean. Et si tu étais seule un moment avec lui tu demandais d'une voix frémissante, secouant tes longs cheveux défaits, Jean, tu veux bien me renouer mon ruban ?

Il était beau. Tu voulais qu'un jour il t'embrasse sur les lèvres.

Tu voulais mourir pour lui.

Parfois ta mère disait que tu devais apprendre à être plus soigneuse.

Jean passait son bras autour de tes épaules, Au même âge voyez-vous, Maryse, je n'avais guère envie de me laver moi non plus. Et encore moins de me brosser les dents.

Il avait des dents éblouissantes. L'éclat de son sourire tu ne l'as pas oublié.

Ce jour-là il souriait à ta mère en lui confiant, J'ai rencontré la personne que je cherchais. À présent il en était certain, André – ton père – reviendrait bientôt du stalag. On invoquerait des raisons de santé précisait-il.

Il employait toujours des formules de ce genre. « La personne que je cherchais », un « ami très bien placé ».

---

1. ***Stalag*** : camp de prisonniers en Allemagne ; abréviation de l'allemand *Stammlager*, qui signifie « camp de base ».

Et puis il s'est tourné vers toi. Il a dit, Oh ma douce comme tu sens bon aujourd'hui.

Il reconnaissait le parfum de ses savons de Paris.

Tu as soupiré. Tu étais sans illusions. Oncle Jean n'avait pour toi que l'affection d'un frère aîné. Ou d'un père de remplacement. Toi tu attendais de la vie ce qu'en attendent les demoiselles des fades petits romans que te passaient les copines, des émois des transports des extases et pour finir l'amour de l'homme convoité, svelte [1] et viril et toujours d'une sobre élégance dans ses costumes prince-de-galles [2], signes extérieurs de richesse.

Pourtant tu te moquais de la richesse et du pouvoir. Tu le croyais du moins. Mais tu dévorais allègrement ta part des victuailles qu'apportait oncle Jean. Que lui procuraient ses amis « bien placés ».

Tu grandissais. Tu venais d'entrer en classe de quatrième. Dans un cours [3] privé. La journée commençait par une leçon de morale. Lorsque la directrice apparaissait pour son inspection quotidienne toutes les élèves se levaient d'un seul mouvement silencieux. Dès que Madame avait terminé un bref discours sur les vertus du travail, le respect de la famille et l'amour de la patrie trente voix juvéniles entonnaient *Maréchal nous voilà* [4]. Ta maîtresse d'école avait fait la grimace quand elle avait reçu l'ordre de mettre ce chant au programme des activités dirigées, elle s'était plainte d'une mauvaise laryngite [5]. Alors que dans la classe voisine l'institutrice déployait sur les murs une bande de papier

1. ***Svelte*** : mince.
2. ***Prince-de-galles*** : tissu de costume élégant.
3. ***Cours*** : ici, école.
4. ***Maréchal*, *nous voilà*** : chanson patriotique dédiée au maréchal Pétain (1856-1951), qui, après s'être illustré pendant la Première Guerre mondiale, devint chef de l'État après la débâcle de juin 1940. Il mit en place le régime de Vichy, dont la devise était « Travail, Famille, Patrie », et initia la collaboration avec l'occupant allemand.
5. ***Laryngite*** : mal de gorge.

d'emballage avec une portée tracée à l'encre de Chine où dansaient les notes du refrain si-ré-sol/si-la-sol agrémentées de fleurs au pochoir.

Là je n'invente pas. C'est toi qui m'as dit.

Et que ta maîtresse parfois prononçait des paroles qui te semblaient bizarres. Elle disait, Radio-Paris[1] ment.

Elle a dit encore un matin en ouvrant le registre d'appel, Votre camarade Louise Cohen n'est pas avec nous aujourd'hui, ne viendra pas demain non plus. Elle a ajouté après un silence, Ne l'oubliez pas mes enfants.

À table ce soir-là tu étais maussade. Ta mère s'est étonnée de cette triste mine, tu as raconté, et ton oncle Jean écoutait lui aussi, que Louise – une fille de ta classe soudain devenue ta meilleure amie – avait quitté l'école sans même te dire au revoir. Maryse a vite répliqué qu'elle était sûrement partie chez sa grand-mère à la campagne. Oncle Jean t'a regardée te tamponner les yeux avec un mouchoir taché d'encre et il a commenté tranquillement, Pour boire du lait frais et respirer le bon air.

Bientôt c'est Anne-Lise Frankel qui est partie à la campagne. Et puis Sarah Blumenthal.

Malgré l'appui des amis « bien placés » ton père ne rentrait pas. Tandis que l'oncle Jean multipliait ses démarches afin qu'interviennent encore les mystérieuses personnes qu'il avait cherchées et trouvées, son frère André mourait au stalag d'une crise d'appendicite. Maryse a reçu un jour l'avis officiel. Le malheur l'a brisée. Tu le dis. Et que tu ignorais les mots qui réconfortent. Que pouvais-tu pour ta mère enfermée dans son chagrin ? Pas grand-chose. Et pour ton père ? Le mentionner dans tes prières. Tu n'avais plus que l'oncle Jean à qui offrir tout cet amour inemployé.

---

1. ***Radio-Paris*** : radio aux mains des collaborateurs sous l'Occupation. Allusion au refrain subversif de l'époque « Radio-Paris ment, Radio-Paris ment, Radio-Paris est allemand ».

C'était la veille de Pâques et tu t'en allais à confesse[1] lorsque tu as rencontré le jeune homme qui avait faim. Je ne me souviens plus depuis combien de temps je n'avais pas mangé. J'étais en quête d'une planque.

Et toi naïve, sans crainte et sans audace, disposée à mettre en pratique tes toutes nouvelles résolutions de Carême[2], tu m'as ouvert la porte de la cave. Tu m'apportais une couverture. Et aussi un sac de papier brun contenant du pain et une tranche de rosbif. Un morceau de choix. Comme on n'en voyait plus jamais dans les boutiques. Tu avais étalé un peu de beurre sur le pain.

Puis tu as sorti de ta poche une petite boîte rose. Sur le couvercle un dessin doré, le Sacré-Cœur de Montmartre. Tu as dit, Ça se mange pas c'est du savon. Tu as dit, Je le garde depuis deux ans je m'en suis à peine servie, prenez-le, vous en avez vraiment besoin, il y a l'eau dans le réduit sous l'escalier. C'était là qu'autrefois ton père venait développer ses photos d'amateur. J'ai tenu au creux de ma paume la boîte en Celluloïd[3] qui gardait la chaleur de ta main. *SEIFE AUS PARIS.*

Tu m'as conduit jusqu'à cette chambre noire. Il y restait encore des bacs et des flacons avec leurs étiquettes (hyposulfite, nitrate d'argent, ferricyanure[4]). Et sur une commode branlante quelques photos aux coins cornés. Tu m'as montré le portrait de ton père, l'image était brouillée. Et puis tu m'as présenté l'oncle Jean. Tu

1. ***À confesse***: confesse désigne la confession, sacrement dans la religion catholique. Il est d'usage de pratiquer ce sacrement avant les grandes fêtes liturgiques, ici Pâques, où les chrétiens célèbrent la résurrection du Christ.

2. ***Les résolutions de Carême***: le Carême désigne la période de quarante jours précédant la fête de Pâques. Il commémore les quarante années que le peuple hébreu passa dans le désert après sa fuite d'Égypte et avant son entrée en Palestine. Chez les chrétiens, cette période est un moment marqué par la pratique du jeûne et de l'aumône.

3. ***Celluloïd***: ancêtre du plastique.

4. ***Hyposulfite***, ***nitrate d'argent***, ***ferricyanure***: produits chimiques servant aux développements photographiques.

disais, C'est une photo prise juste avant la guerre, maintenant qu'il a vieilli il est encore plus beau. Cette fois le tirage était net. J'ai vu un visage de jeune homme, front large, lèvres minces, menton aigu. Les yeux clairs, le regard étrangement intense malgré la pâleur des iris. Un regard plutôt fascinant. J'ai répété, Donc c'est ton oncle. Tu m'as dit que si j'avais des ennuis avec la police il m'aiderait ce serait facile parce qu'il connaissait des gens « bien placés ».

J'ai su que tu n'avais rien compris.

Je ne suis resté qu'une nuit dans la cave. Au matin je quittais mon refuge, j'avais un contact à établir, un message urgent à transmettre. J'ai contemplé une dernière fois dans le réduit sous l'escalier les photos jaunies, ton père, guère plus qu'une ombre, toi fillette aux cheveux nattés. Et puis Jean. Ton oncle Jean. Ce jeune homme très séduisant, sûr de lui, sûr de son charme. Sûr d'avoir toujours raison.

J'invente un peu. Pas trop. Pendant des années j'ai entendu parler ta mère. Et les autres. J'ai aussi entendu tes silences. Car de tout ça tu n'as jamais rien dit.

Ce matin-là au moment de te quitter – tu avais glissé dans mon sac quelques provisions et m'ouvrais la porte donnant sur la rue – j'ai murmuré, Bouche cousue, n'est-ce pas ? Tu inclinais la tête. J'ajoutais, Elle est jolie ta bouche. Je t'ai entourée de mes bras. Mes lèvres ont touché tes lèvres mais vivement tu as reculé. Non tu n'allais pas renier ton grand amour. Ou bien tu fuyais mon odeur de fauve. J'emportais le savon dans ma poche. Je ne m'étais pas lavé.

Je suis parti, barbu crasseux troublé. J'ai rejoint les camarades. J'ai bourlingué[1] au gré des missions et des filatures. Des plastiquages[2]. Toi dans ton cours privé tu faisais des versions latines et des exercices d'algèbre. Refusant de penser aux élèves de ta classe

---

1. ***J'ai bourlingué*** : je me suis déplacé sans cesse (familier).
2. ***Plastiquages*** : attentats au plastic.

dont le nom n'était plus dans le registre d'appel. Qu'on avait envoyées au bon air. Les Lévy les Stein les Blumenthal.

Si un jour je suis revenu c'est que ta bouche avait un goût de fruit. Que je n'avais pas oublié quand le temps d'aimer m'a été rendu.

Mais bien avant, un soir d'été en forêt de Compiègne (ça chantait valsait dans Paris libéré) lorsque les gars aux fusils ont poussé jusqu'à la clairière ce jeune homme au visage tendu, large front, sourire crispé, je l'ai tout de suite reconnu. Ils lui avaient lié les mains.

J'ai dit, Hé les gars

Ils écoutaient ils attendaient et je demeurais silencieux. Alors l'un d'eux a déclaré, implacable et solennel dans ce qui n'était peut-être qu'une sorte de jeu sauvage – Jugement exécutoire [1]. En vertu de l'article 75 du code pénal. Intelligence [2] avec l'ennemi.

J'ai dit, Mais

J'ai dit, Est-ce que

Puis je n'ai plus rien dit.

Jean n'a pas baissé la tête.

Je ne sais pas qui a tiré.

Lorsque je t'ai retrouvée, pâle et le regard lointain ta bouche avait encore le même goût de framboise.

Ces moments dans la forêt, il y a quinze ans déjà, je n'en dis jamais rien à voix haute mais parfois je t'en parle sans prononcer les mots, touchant ton épaule, effleurant tes cheveux ou ta joue, comme ce soir tandis qu'assise à la table tu te penches vers notre petit garçon pour l'aider à terminer sa page.

Jean est un enfant calme et appliqué.

---

1. ***Exécutoire*** : qui doit être réalisé dans les faits.
2. ***Intelligence*** : ici, a le sens de complicité, collaboration.

Quand il est né tu as dit presque tout de suite avec à peine un sourire que tu aimerais l'appeler Jean.

Que Jean c'était un nom en dehors des modes et facile à porter.

Le lait est un liquide blanc
© Julliard, 1995.

Aldo, mon ami

On s'est connus à l'école du quartier. On logeait dans la même cité mais pas dans le même bâtiment, voilà pourquoi je ne t'ai rencontré qu'à l'automne alors que ta mère et toi vous aviez posé les valises dès juillet. Mes parents étaient là depuis toujours. En situation régulière. Ta mère (racontait ma mère) s'était installée dans l'appart libéré par une de ses copines qui avait trouvé mieux mais comme elle payait, ta mère, le syndic[1] s'est écrasé. Tu avais pour consigne de pas faire ton malin.

Les camarades de classe étaient plutôt tarés. Des mômes qui s'emmerdaient ferme, ça les amusait de s'en prendre au nouveau. J'avais été longtemps indifférent à leurs embrouilles jusqu'au jour où le maître a dit, Aldo assieds-toi ici, en désignant la place à côté de moi. On s'est regardés tu m'as souri. J'ai souri. Après j'ai dit, D'où tu viens ? Tu m'as répondu, De là-bas. Je t'en ai pas demandé plus.

Tu venais de *là-bas* et y en avait dans la classe que ça décoiffait. Même ceux qui venaient d'un autre là-bas jouaient les caïds. Tu étais un gosse timide, incapable de lancer la réplique qui aurait arrêté leur rengaine *Aldo-t'es-pas-un-cadeau*. Du rap déjà.

Les nanas s'y mettaient à leur tour sur un ton à la Jane Birkin, *Ohoh Aldo do do, oh t'es pas un cadeau.* Je disais bande de. Je pouvais pas blairer les filles. La main d'un fille touchant mon bras ça m'angoisse. Les filles parlent idiot, sentent bizarre, elles s'intéressent qu'à des conneries.

1. ***Syndic*** : administrateur de l'immeuble.

À l'école ça s'est vite arrangé. Je t'avais accepté sur mon territoire, les autres se sont aplatis. Tu bossais dur et moi aussi. On frimait pas. On commentait entre nous les choses qu'expliquait l'instit. Le soir on rentrait ensemble jusqu'aux Pâquerettes où j'habitais. Tu continuais vers les Églantines. Sauf qu'un jour tu m'as dit qu'en chemin les sales gamines des Pivoines t'avaient entouré harcelé tripoté, alors j'ai décidé de te raccompagner.

Au centre aéré toutes sections mélangées on a eu des problèmes. Les grands, ton calme les excitait. Avec ce teint mat, tes cheveux noirs et bouclés, tu paraissais très doux ils disaient, Hé la gonzesse. Moi ils me craignaient, pour mon âge j'étais balèze. Quand je les entendais répéter *Aldo t'es pas un cadeau* – le refrain amené sournoisement par un gars de notre classe – suffisait que je me montre pour qu'ils pétochent[1]. Ça s'est terminé par une méchante bagarre. Ils m'avaient provoqué j'ai dit, Me les gonflent. J'ai cogné.

Après ils t'ont laissé tranquille. Tu m'as dit, Je te le revaudrai. Juré.

On a grandi. On est allés au collège puis au lycée. L'examen final en poche on a cherché du boulot. On en a trouvé dans une ville assez loin de chez nous mais tant qu'on restait ensemble je ne regrettais pas la cité.

On était engagés comme vendeurs en librairie. Toi aux livres scolaires et moi rayon fiction. Il nous fallait un logement. Tout de suite on a repéré un hôtel – *L'Espoir*, rue de l'Amitié – marrant comme adresse. C'était une bâtisse ancienne, crépi[2] jaunâtre, volutes[3] de fer forgé sous l'appui des fenêtres et le long d'un corridor chambres au mois prix modérés, avec petit déjeuner.

1. ***Qu'ils pétochent*** : qu'ils aient peur (familier).
2. ***Crépi*** : enduit appliqué sur un mur sans être lissé.
3. ***Volutes*** : terme d'architecture désignant des enroulements en spirale.

Un patron sympa. Nos piaules étaient sombres, on a négocié une réduc. Le soir on bouffait des sandwiches. Pour faire des économies et se payer une bagnole d'occase.

On l'a eue. Pas trop chère, pas trop pourrie. On avait passé le permis l'année de nos dix-huit ans, chacun son tour on a essayé la tire, ça roulait super. Le week-end suivant première vraie sortie. Histoire de présenter l'engin à la famille. Ma mère a dit, Sois prudent. Ta mère, Aldo, qu'est-ce qu'elle a dit ? T'as oublié de m'en parler. Maintenant tu ne sais plus.

Tu ne sais plus rien. Même plus si tu avais couché avec Tanja lorsque tu l'as invitée à se joindre à nous pour une balade. Tu ne sais plus si tu l'as jamais baisée, toi qui tenais à dormir seul.

Parlons-en. De Tanja. Elle aussi vendait des bouquins. Une fois comme on attaquait notre poisson au restau elle t'avait crié, sans quitter la file devant le comptoir, Hé salut. Tu ne m'avais pas dit son nom mais seulement, La meuf du rayon sciences humaines [1].

Puis un soir – on planifiait la virée du prochain dimanche – tu t'es risqué à déclarer, Y a quelqu'un que j'aimerais bien qu'on embarque.

C'est un mec ?

J'avais à peine posé la question que je m'en voulais j'aurais dû simplement protester. Et pourtant j'ai pas attendu ta réponse j'ai dit, Bon, si tu insistes. J'ai grogné, Faudrait pas que ça tourne à l'habitude.

Elle est venue. À cause d'elle qui nous mettait mal à l'aise on a visité les bistrots. À cause d'elle toi et moi on a éclusé [2]. Apéro bière vin cognac, le soir on était schlass [3].

---

1. ***Sciences humaines*** : disciplines scolaires ou universitaires centrées sur la connaissance de l'homme (l'histoire, la psychologie, les sciences du langage, notamment).
2. ***On a éclusé*** : on a bu (populaire).
3. ***Schlass*** : ivres (populaire. Mot d'origine allemande).

Elle n'a bu que de l'eau. Mais la Tanja ne savait pas conduire. Elle était assise à l'avant dans la bagnole, elle attachait sa ceinture elle plaisantait, Alors les imbibés, lequel nous ramène ? Courte paille ou amstramgram ? J'ai dit, Ce sera moi.

Je me sentais pas dans une forme terrible. Toi bientôt tu ronflais sur la banquette arrière. La caisse avançait par miracle. Et y a eu ce foutu poids lourd qu'a fait une embardée. Mes mains tremblaient sur le volant, s'efforçant de braquer, mon pied cherchant le frein. Y a eu la roue qui dérape, la plongée dans le ravin les tonneaux, le choc final contre un arbre et mon effarement d'être encore vivant.

S'agissait de te dégager rapide. Ta tête avait cogné durement contre la tôle. Mais tu ne paraissais pas cassé.

Je t'ai allongé dans l'herbe, tu respirais. Je ne te voyais aucune blessure. La fille, j'ai pensé que je ne pouvais rien pour elle. Au moins toi, Aldo, tu l'as pas contemplée en bouillie sous la ferraille, j'avais envie de gerber.

Quand les flics et l'ambulance sont arrivés, alertés par un automobiliste qui s'était arrêté pour pisser au bord du ravin (le gars des transports routiers avait pris le large), quand en réponse à leur enquête j'ai marmonné comme à regret que c'était toi qui conduisais j'avais l'idée que t'en émergerais pas, de ce coma. Puis tu t'es réveillé. Et alors j'ai su que t'avais oublié tout ce qui concernait l'accident.

C'est possible que le souvenir te revienne. J'endure. T'es pas un cadeau, Aldo. Pourtant je vais te voir chaque week-end. Peut-être à cause de ce qui arriverait si. Et parce que je tiens à toi. Ta mère est morte d'une embolie[1] le mois dernier. Aldo, mon ami, le matin du grand jour je serai seul à t'attendre au portail. Je ne t'abandonnerai pas, je m'occuperai de toi, je t'aiderai à commencer une vie toute neuve. Qui s'appelle réinsertion.

1. ***Embolie*** : obstruction d'un vaisseau sanguin.

Supposons que ce soit moi le taulard condamné pour conduite en état d'ivresse ayant provoqué un accident mortel. Aldo, beau comme tu l'es tu te serais laissé consoler par une autre de ces dragueuses. Tu ne te plains pas tu ne dis rien, le châtiment tu l'acceptes sans colère. Sans un mot de repentir[1].

À ta sortie on fera nos adieux au patron de l'hôtel qui chaque semaine me demande de tes nouvelles, j'aurai de quoi nous louer un appart je mets du fric à la banque. Là où tu crèches – pendant que je prépare notre avenir – personne ne te maltraite. Oui ça braille un peu c'est vrai, hier j'ai entendu gueuler un type qui prétendait que tu traînais trop à regagner ta cellule. Comme manifestement t'avais rien à foutre de ses remontrances le maton[2] il a lancé, Aldo hé, y a le mitard[3] pour ceux qui glandent. Et puis il a ajouté – mais c'était dit sur un ton plutôt cool – Aldo, t'es pas un cadeau.

Noir, comme d'habitude

---

1. ***Repentir*** : vif regret d'avoir fait ou de n'avoir pas fait quelque chose.
2. ***Maton*** : gardien de prison (argotique).
3. ***Mitard*** : cellule disciplinaire (argotique).

Doumbo

Mille ans que je pensais plus à lui. Et a fallu – manque de pot – que le souvenir me revienne juste comme je passais l'écrit du CAP. De pâtissier. Le français et les maths si on n'avait pas la moyenne c'était éliminatoire. Les profs du LEP [1] se figuraient que j'allais m'en tirer sans peine.

Sauf que dans la salle d'examen le pion qu'était plutôt cool il m'a glissé à l'oreille, Prends pas cet air de souffrir la torture.

Alors bang c'est revenu.

J'ai fait plein de fautes d'orthographe, je me suis planté en calcul.

Donc me voilà manutentionnaire. Et encore avec un contrat à durée limitée comme ils disent.

Au lieu d'être apprenti-pâtissier. De travailler les pâtes battre des œufs en neige lier des crèmes. Arranger sur les gâteaux des garnitures en sucre rose.

À cause du mot.

Et à cause de lui. Doumbo.

Remarquez, c'est pas sa faute. Ça s'est passé quand on était petits. Un jour où l'école était fermée. Le jour de la grève des instits et des profs. J'avais rejoint sur le parking mes copains de la cité. On s'amusait toujours ensemble. Y avait Doumbo qui nous courait après, qui cherchait à entrer dans la bande. Lui il venait du B4, un endroit où vivaient des gens qu'on fréquentait pas tellement.

1. ***LEP*** : lycée d'enseignement professionnel, aujourd'hui LP.

Nos mères avaient dit, Jouez à des jeux tranquilles. Toujours elles disaient ça. Ou bien seulement, Restez tranquilles. Sans trop espérer qu'on écoute.

Ce jour-là y avait aussi une fille qui nous lâchait pas les baskets. C'était la raison que moi et mes potes on savait plus trop à quoi s'occuper. La fille on aurait voulu l'épater et en même temps elle nous intimidait. Alors elle a pris le commandement. On s'est écrasés. Elle a décidé qu'on jouerait aux mots. Ça a commencé par le corbillon [1]. Un truc débile. Typiquement un truc de fille.

Dans mon petit corbillon rond
que met-on ?

Le jeu c'est de trouver chacun son tour et en vitesse des mots qui finissent par on

un melon du savon le bouton un crayon un marron le paillasson

Doumbo il a fallu lui expliquer ce que c'était qu'un corbillon. Pourtant dans son pays qu'est l'Afrique paraît qu'y en a des masses de paniers de couffins de corbeilles. Mais Doumbo ce qu'on racontait il comprenait qu'à moitié vu que chez lui sa mère causait toujours avec le parler de là-bas.

La première fois ça a marché. Doumbo a dit, Un bonbon. En se dandinant, très fier d'avoir pigé.

La deuxième fois il a cherché des chicanes [2]. Un ballon d'accord, mais pas une maison. Il disait que ça entrerait pas. Une maison. Dans un corbillon. Et non plus un camion, ni un mouton. Sans blague.

La fille elle râlait, Hé t'es bouché ou quoi ? C'est juste le mot qu'on y met.

Ensuite on avait

---

1. ***Corbillon*** : petit panier.
2. ***Il a cherché des chicanes*** : il a fait des objections.

La mallette à Janette
pour la remplir qu'est-ce qu'on y jette ?

une casquette une trottinette, même que ça y rentre pas, Doumbo. Des assiettes la cuvette. Le la les un une des[1] (mots en ette). Doumbo il nous serinait[2] c'est quoi c'est quoi c'est quoi. On lui répondait même plus. Y en a un qu'a dit ma quéquette. Pour se marrer.

Encore après on a eu

Turelure dans le coffre de la voiture
on entasse à toute biture[3]

des confitures de la teinture une armure du mercure les couvertures une sale allure

Le Doumb' il nous énervait avec toujours des c'est quoi. On disait, Doumbo fais gaffe, pas une sangsue[4]. La censure.

un galure[5] l'écriture une mesure la torture. On disait, Fais gaffe Doumbo, pas une tortue. La torture.

Doumbo il a reniflé. Il a dit, Ça je connais. Il a dit que là-bas dans son pays où y avait tout le temps la guerre, quand il était presque encore un bébé la cousine qui le gardait pendant que sa mère à lui était partie très loin pour essayer de voir le père à la prison elle lui avait dit un jour que le père reviendrait plus. Qu'il était mort de la torture.

---

1. ***Le la les un une des*** : récitation des déterminants telle qu'on l'apprend en classe.
2. ***Il nous serinait*** : il nous répétait inlassablement.
3. ***À toute biture*** : à toute vitesse.
4. ***Sangsue*** : animal qui suce le sang, mot employé ici pour sa ressemblance avec censure.
5. ***Galure*** (*ou galurin*) : chapeau.

On l'a laissé palabrer [1]. Puis on a dit, Arrête veux-tu. Il frimait le Doumb' et ça nous gonflait. On a crié, Moi mon père. On a inventé, Moi mon père il s'est cassé la jambe en poursuivant des loubards moi mon père il a presque eu un accident en aidant une vieille à traverser la rue moi mon père a chopé un rhume en sauvant un chat qu'était tombé à l'eau. Et toujours Doumbo répliquait, Oui mais. Quand même. C'est pas pareil. Quand même c'est pas comme mon père qui.

À la fin on en avait ras la caisse. On a dit, Bamboula [2] tu nous les brises. Toi et ta torture de merde.

Y en a un qu'a déclaré, D'abord si quelqu'un vous torture ça prouve pas qu'on est courageux. Puisqu'on peut pas l'empêcher.

Le Doumbo a protesté. Son père il aurait pu l'empêcher. S'il avait pas été aussi courageux justement. Tous les gnons qu'il recevait c'était pour l'obliger à parler.

Et il avait pas parlé.

Bambouli bamboula – On savait pas quoi dire alors on se moquait. Le Doumb' il a braillé, Et moi je vous cause plus.

C'est la fille la première qu'a lancé, l'air pas commode, Attends bonhomme, suffit de quelques chatouilles et t'avoues n'importe quoi. Je te parie. Même des choses qui sont des menteries [3].

Même que par exemple la maîtresse tu l'as tuée pour la manger et maintenant l'école est fermée.

Le Doumb' il a dit, Non je parlerai pas.

On rigolait. On a répondu que des fois un coup de pied au cul et tu changes d'avis.

J'avouerai pas, il a redit.

On s'est un peu énervés. On a crâné, Si on te force ? On a dit si on te si on te. Doumbo répétait, Non je parlerai pas.

---

1. ***Palabrer*** : discourir (le mot évoque l'Afrique, où les assemblées des villages se réunissent sous l'arbre à palabres).

2. ***Bamboula*** : initialement, le mot désigne un tam-tam, puis une fête africaine, et ici par métonymie le jeune Noir lui-même.

3. ***Menteries*** : mensonges (vieilli).

Quand on en a eu vraiment marre de le voir se foutre du monde, qu'on l'a entouré et puis serré de près, il a d'abord siffloté relax. C'est moi qui l'ai empoigné par ses cheveux crépus, c'était doux à toucher ça m'a surpris, si doux que j'ai bien manqué lui conseiller, Rentre chez toi sale petit môme. J'avais huit ans et lui sans doute le même âge mais il était un brin racho [1].

J'aurais dit ça au bon moment – rentre chez toi – que je serais pas aujourd'hui à remuer des colis avec ces types de la manutention. Qui viennent d'Afrique eux aussi.

J'ai rien dit.

Doumbo non plus il a rien dit quand on lui a ligoté les mains, plein de tours d'une grosse ficelle, et puis attaché les pieds avec un cache-nez noué très fort. On s'est mis à lui enfoncer des mouchoirs dans la bouche, il a bafouillé quelque chose. Les mouchoirs on les a retirés un instant pour lui donner une dernière chance, Alors tu parles ? T'avoues, mec ?

Il chialait. Encore il a répété, Je parlerai pas.

Et après, comment il aurait parlé avec tous ces Kleenex entre les dents ?

Je me rappelle plus qui a commencé. La cogne. Pas moi. Mais quand deux trois ont été bien partis j'ai suivi.

La fille elle pinçait tordait. Nous on tapait.

Et on disait, T'en voulais. Pas vrai ? De la torture. T'es content hein, ça saigne.

Y a le plus grand – huit ans et demi – qu'a décidé, Maintenant faut des allumettes. Il a filé pour s'approvisionner. Et bientôt il revenait avec aussi un briquet. Il a dit, Ma mère faisait son repassage elle a rien vu c'était ric-rac.

Tellement ric-rac que sa mère elle s'est pointée juste comme le Doumbo de mes fesses on lui avait retiré ses grolles [2] et qu'on allait lui chauffer les panards [3].

---

1. ***Racho*** : pour rachitique (familier).
2. ***Grolles*** : chaussures.
3. ***Panards*** : pieds (populaire).

Elle a crié.

C'était un cri énorme. On a eu les chocottes. Le gars aux allumettes a renversé la boîte. Sa mère a enfin demandé, d'une voix qu'on n'entendait plus qu'à peine, Mais qu'est-ce que vous fabriquez ?

Ben quoi, on joue. J'ai répondu.

Après, les grandes personnes ont dit qu'on n'était que des gamins, qu'on se rendait pas compte. Que c'est la faute à l'époque. Toutes les horreurs dans le monde. Tous ces malheurs tous ces morts. Et Doumbo était pas mort. Seulement pas mal abîmé.

J'ai jamais su ce qu'il est devenu. Depuis, les gens des cités ont beaucoup bougé. Il est peut-être reparti dans son pays. Là-bas. Avec tous ceux de sa famille. Qui parlaient un si drôle de charabia.

Et moi plus tard – mille ans plus tard, l'année dernière – j'ai raté mon CAP. À cause du mot. Qu'il a sorti comme ça, le pion qu'était sympa. Un mot qu'on entend souvent, qu'on lit dans les journaux, qu'ils disent à la télé. D'habitude j'y fais pas attention.

Le lait est un liquide blanc

59 Roubaix

Ça sert à quoi, qu'il interroge. Je dis, Eh bien à mettre des soldats en faction [1]. Il répète tionfactionfaction en fronçant les sourcils et faut encore que j'explique.

Écoute, je t'ai prévenu, plus on lui raconte et plus il en demande. Remarque, il cherche à s'instruire, c'est normal.

Tu as raison, c'est même sympa. À son âge y en a tant qui ne pensent qu'à mater les conneries de la télé. Moi je lui ai dit, Bon, suppose qu'on ait appris que l'ennemi se prépare à l'attaque, une armée immense, à sa tête un colonel multidécoré qui déciderait de faire une dernière conquête avant d'aller vivre ses vieux jours dans le château des ancêtres, un coup fumant, et après il pourrait abandonner ses fonctions, Tiononfonctionfaction, qu'il chantonne. Je lui crie d'arrêter de sauter sur un pied. Je dis, Alors tu as saisi ? Imagine que les soldats soient placés en faction, avec pour fonction de surveiller l'ennemi et qu'ils repèrent au loin des mouvements de troupes. Ils informent l'état-major [2] qui informe le général en chef, son nom : Enavantmarch'hardilesgars, un type couvert de médailles. Mais pour l'instant s'agit pas d'avancer, on reste sur des positions fermes. On met les canons en batterie [3] et la garnison se prépare à repousser l'agresseur. Donc une redoute [4] c'est bien utile. Voilà comment j'ai conclu.

---

1. ***En faction*** : en sentinelle.

2. ***État-major*** : groupe d'officiers supérieurs qui assurent le commandement.

3. ***En batterie*** : en position de tir.

4. ***Redoute*** : ouvrage de fortification pour défendre une place forte ; l'auteur joue sur les différents sens du mot. La Redoute désigne aussi une grande .../...

Je ne comprends pas pourquoi t'en es venu à lui parler d'une redoute dans cette région.

Ça doit être à cause de toute leur pub et des affiches du métro. Le choix n'est pas mauvais après tout, Lilleroubaixtourcoing, le Nord. C'est pas tellement éloigné de Verdun [1] et des casemates [2] de la vieille ligne Maginot [3], juste à côté de la frontière belge qui manquerait plutôt d'ouvrages défensifs. Je les ai plantés là mes troufions [4] et j'ai combiné une savante manœuvre. Suppose, j'ai encore dit au gamin, que le commandant Jesaispascommentças'prononce – un nom à coucher dehors – donne l'ordre à son armée de nous envahir. Les sentinelles lancent aussitôt un appel à la redoute. La ligne téléphonique n'est pas coupée, quelle veine. En un éclair les renforts sont en place, la résistance organisée. Après j'ai dit, Bon, changeons de camp si tu veux. Mettons-nous du côté des assaillants, ce sera plus excitant. Toi tu viens d'être enrôlé dans un régiment d'élite. Pour ton extrême bravoure, ton esprit de sacrifice. Et tu vas participer à l'enlèvement de la redoute où l'ennemi s'est retranché. Ton chef immédiat est un lieutenant d'active [5], ardent lui aussi, enthousiaste. J'ai dit, Cesse de renifler.

.../... entreprise de vente par correspondance, installée rue de la Redoute, à Roubaix.

1. ***Verdun*** : le plus grand champ de bataille de la Première Guerre mondiale. « L'enfer de Verdun » (1916-1917) causa la mort de 360 000 Français et de 335 000 Allemands.

2. ***Casemates*** : abris pour les soldats.

3. ***Ligne Maginot*** : ouvrage de fortification portant le nom de l'homme politique qui défendit et fit adopter le projet à l'Assemblée. Les fortifications furent construites de 1927 à 1936 le long de la frontière nord-est du pays. Mais, comme elles n'avaient pas été prolongées sur la frontière franco-belge, les Allemands purent, à la surprise générale, envahir la France par les Ardennes en 1940.

4. ***Troufions*** : soldats (populaire).

5. ***Lieutenant d'active*** : lieutenant qui appartient à l'armée active, par opposition à l'armée de réserve.

Tu ferais mieux de choisir des contes de fées des histoires d'animaux. La guerre c'est pas pour les enfants.

Je te jure qu'il se régale. Si tu avais vu son sourire quand j'ai annoncé que j'enverrais mes hommes assiéger la redoute dans quatre jours quatre heures quatre minutes. Pas moi mais ce militaire aux yeux bleus, ce bel officier intrépide qui le soir écrit à sa mère en la suppliant de penser à lui. Le gosse il m'a dit, À sa mère ho, et à son père il écrit pas ? J'étais un peu embarrassé j'ai dit que son père était mort dans un accident que oui ça leur arrive aux pères. Mais à sa mère il lui écrit il la rassure, chère maman nous nous reverrons sois tranquille, elle s'est donné beaucoup de mal pour l'élever elle n'a pas envie de le perdre elle répond en lui recommandant d'être prudent, en cette saison les nuits sont fraîches, de ne jamais se défaire de ses caleçons molletonnés [1]. Puis le gamin m'a demandé s'il pouvait être l'officier et moi je serais le soldat, j'ai dit, D'accord, j'ai dit qu'il se souvienne qu'autrefois à l'école militaire il était très bien noté, s'agissait de mettre à profit les cours de stratégie, les conseils de ses maîtres pour attaquer la redoute à Roubaix.

Et voilà. Tu as gaffé. Ça n'a pas manqué j'imagine qu'il te dise Roubaix c'est là que j'habitais. T'as pourtant vu son acte de naissance né le huit cinq quatre-vingt-sept, rue de Mouvaux à Roubaix. Souviens-toi, Roubaix on y a passé la journée quand on est allés au mariage du cousin. La grand-place et l'hôtel de ville de style flamand un peu lourdingue, la chambre de commerce et l'église Saint-Martin avec son fameux carillon. Ça vaut pas le Midi. Moi pour les vacances j'aimerais Nice ou Cannes. Le gosse jouerait sur la plage.

À tous les jeux il préfère les mots d'une histoire. Lorsque j'avais son âge j'étais pareil. Et quand j'ai su lire j'ai lu comme un fou. J'en ai dévoré, à la bibliothèque, des livres de voyages, de récits d'aventures ou de guerre. Qu'on n'oubliera plus. Tiens,

1. ***Molletonnés*** : fourrés, pour lutter contre le froid.

L'Enlèvement de la redoute[1], le petit lieutenant flambant neuf qui du jour au lendemain prend le commandement du bataillon puisque son capitaine est en miettes et que les autres officiers rendent l'âme par toutes les fentes, criblés d'éclats d'obus, les pauvres. Des yeux clairs au regard aigu, un visage mince et racé[2]. Les fantassins[3] l'idolâtraient. Son chef, qui venait d'avoir la tête emportée par un shrapnell[4], l'avait toujours traité comme le fils préféré.

Et hop, t'es reparti dans la paternité.

C'est vrai, j'ai tort. Le gamin faut dire —

Je viens de lui donner ses tartines il veut les manger dans la rue, il écoutait que d'une oreille, remarque, l'autre entend juste un bourdonnement, quel malheur, après cette baffe qu'il a reçue, paraît qu'il était encore au berceau. Si c'est pas désolant, quand même, de se faire estropier par son – Exaspéré d'entendre le cher ange brailler quand il avait faim.

C'était un sinistre individu son.

Voilà pourquoi je te dis d'éviter lorsque tu racontes. Vu ce qui s'est passé après. T'as tendance à mettre un père dans tout ce que tu inventes, ça te démange de parler du tien, ça t'a coûté que ta mère ait jamais voulu qu'on en cause.

Un père fusillé c'est rare, j'en serais plutôt fier. Mon père a dit Putain de guerre. A dit qu'il rentrait chez lui. Avait pas lu *L'Enlèvement de la redoute*.

Les redoutes à prendre on s'en fout. T'aurais pu choisir autre chose.

C'est le petit qui m'a déclaré que son père travaillait à La Redoute, de là l'idée m'est venue. La mère tenait la maison dans un

1. ***L'Enlèvement de la redoute*** : nouvelle de Posper Mérimée (1803-1870) parue dans *Mosaïque* en 1833.
2. ***Racé*** : fin et distingué.
3. ***Fantassins*** : soldats de l'infanterie, qui se déplacent à pied.
4. ***Shrapnell*** : obus (du nom de l'inventeur).

quartier pas terrible. Mais le rapport du tribunal confirme qu'elle avait grand soin du marmot, qu'il a jamais manqué de rien.

S'il demande encore où elle est, sa mère, rappelle-toi ce qu'on a décidé. À l'hôpital. En observation. Je lui ai déjà expliqué après discussion avec l'institutrice.

Sûr que y a pas presse pour le mettre au courant. De la vie. Des chagrins des épreuves. Les drames c'est pas seulement dans les livres. À son âge oui j'adorais les livres et j'adorais cette histoire. Le jeune lieutenant à peine sorti de l'école militaire, fine moustache cheveux luisants de gomina [1] – un must [2] à l'époque – le gars qui affiche un air blasé mais qu'a jamais entendu siffler les balles. Et quand il voit l'autre aux épaulettes d'argent effondré sur un caisson [3], très ensanglanté, il s'exclame : Colonel vous êtes grièvement blessé, oui il dit ça, *grièvement*, plutôt dur pour le pauvre type, la remarque manquait de délicatesse. N'importe, l'homme est brave et lucide, fier de son ultime sacrifice, et le voilà qui répond, ce vieux baroudeur [4] galonné : Ef majuscule trois points de suspension mon cher virgule mais la redoute est prise. Point. Ordinaire ou d'exclamation. Belle tirade. Un méga coup de fanfare.

Le gosse tu crois que ça l'intéresse ? Les mômes de maintenant ont pas connu ce prêchi-prêcha [5] sur la bravoure. Les pères en faction œuvrant pour la patrie.

Le sien aurait été envoyé au-delà des océans afin d'occuper vaillamment une redoute en béton que ce serait beaucoup mieux pour lui. Les petits garçons raffolent de batailles, d'exploits héroïques. Moi j'aurais tout donné à cet âge pour que mon père soit mort d'une balle ennemie. Plus tard seulement j'ai découvert

1. ***Gomina*** : gel qui fait briller les cheveux.
2. ***Must*** : ce qu'il faut porter pour être à la mode. Du verbe anglais *to must*, « devoir ».
3. ***Caisson*** : véhicule de transport de munitions.
4. ***Baroudeur*** : personne qui a beaucoup combattu ou qui aime se battre.
5. ***Prêchi-prêcha*** : discours moralisateur (déformation du mot prêche qui désigne le sermon du prêtre).

qu'il avait agi selon ses convictions, que c'était l'essentiel. Au nord du Tonkin[1], la redoute. Vestige de l'occupation chinoise. Les paysans des rizières réfugiés à l'intérieur. Avec les femmes et les enfants. L'ordre d'attaque à la grenade. Il a pas pu. Il a flanché.

Et si tu lui racontais ça, au gamin, plutôt que des enlèvements de place forte d'opérette que tu lisais autrefois dans ton livre de lecture courante pendant les leçons de calcul.

Un truc débile, tu as raison, je me laisse emporter par le lyrisme, la lune rousse la redoute sur le ciel flamboyant comme un volcan en éruption. Il veut savoir si c'est vrai je dis oui, que j'y étais, il dit qu'il y était aussi.

Mais après il a des cauchemars. Vers les trois heures du matin il s'est réveillé en sursaut et devine ce qu'il a crié. Eh bien il a hurlé, J'ai peur, mon père est caché dans la redoute. Voilà où tu en arrives avec tes histoires à dormir debout.

À dormir debout comme son père veilleur de nuit à La Redoute. Devait parfois sommeiller raide sur ses guibolles[2].

J'ai consolé le minot[3], je lui ai préparé du nesquik. Quand il a reposé la tasse ça allait mieux, il a dit, Mon papa reviendra ? J'ai dit Humm, j'ai dit qu'on réciterait ce soir une prière pour lui.

Moi aussi tu vois je prie, oui pour le mien. Je dis, Seigneur c'est pas qu'il avait la trouille. Il a seulement refusé de massacrer tous ces Tonkinois qui lui avaient rien fait. Vos créatures. Accueillez-le au paradis. Quand j'étais môme ma grand-mère m'emmenait à l'église le dimanche alors dès que ça va mal j'ai comme un retour à la génuflexion[4].

---

1. ***Tonkin*** : région du Viêtnam, sous domination française à l'époque de la colonisation. Entre 1947 et 1954, la guerre d'Indochine (Viêtnam, Cambodge et Laos) opposa l'armée française aux populations locales qui luttaient pour obtenir leur indépendance.
2. ***Guibolles*** : jambes (argot).
3. ***Minot*** : enfant (familier).
4. ***Génuflexion*** : geste de piété qui consiste à mettre un genou à terre.

Ça va pas mal, pas plus mal qu'est-ce qui te prend.

Je me demande. Ce sera d'avoir lu ces salades sur le procès. De la mère du petit. Qu'a bousillé le père du petit. Gardien à La Redoute. Pas la redoute de *L'Enlèvement*. Cette femme qui s'amène sur les lieux du travail apportant un casse-croûte à son mec, qui lui pique son arme – du danger d'armer les vigiles – son pétard calibre 11 au moment où il lui tourne le dos en disant qu'il a envie de pisser ; puis elle tire. Après elle repart, tranquille.

C'est qu'elle en avait sa claque. Un mec qui les cognait, elle et l'enfant. Mais elle aurait pu réfléchir qu'elle irait en taule et que l'enfant —

Avec nous il est bien. Un jour on le lui rendra, l'assistante sociale le répète qu'on doit pas s'attacher. Que la liberté conditionnelle [1], la mère l'obtiendra sans problème.

Crois-tu qu'elle remontera vers le Nord lorsque.

Elle préférera changer de coin, probable. Où qu'elle aille on aura le cœur gros.

On est trop sensibles.

Toi, une femme, c'est pas surprenant. Et moi je tiens ça de mon père. Mais il a dû regretter d'avoir eu pitié des innocents aux yeux bridés que d'autres ne manqueraient pas de réduire en bouillie quand il s'est retrouvé devant le peloton. La redoute était pleine à ras bord de Tonkinois des rizières qu'en sont jamais ressortis. Lui sur le terrain d'exécution et les copains qui s'alignent. En joue. Feu.

Sacrifice inutile, aussi bête que celui du colonel Enavant-march'hardilesgars comme tu le nommes.

Mon colonel vous êtes grièvement blessé. F…, mon cher, mais la redoute est prise. Quand je songe que ça me faisait bander vers mes douze ans, j'étais tout juste pubère ; on en pleurerait.

---

1. ***Liberté conditionnelle*** : suspension d'une peine de prison, sous certaines conditions.

Le gosse, tu lui sers les mêmes balivernes. Il est pas dupe, je t'assure qu'il rigole. On ne prend plus grand-chose au sérieux, encore un des maux de l'époque.

Arrête, tu me flanques la déprime. Déjà que c'est urgent de rassembler nos forces pour affronter l'avenir, le départ du fiston.

Oui on nous dit on nous serine de toujours s'y attendre. Dur. Mais quoi, tu vas pas t'enfermer avec lui dans une redoute.

Faut pas rêver pas déconner. Être prêts. Ça me rappelle les scouts. De vrais petits soldats. Toujours prêts saluez. Prêts les gars ? Alors en avant marche, en avant et au galop pour enlever la redoute, fleur au fusil.

Tu recommences. Ah les fusils y en a marre. Parlons plutôt de fleurs puisque voilà les beaux jours, fini le froid et finie la grisaille, regarde, ça vient d'arriver : le catalogue printemps-été de La Redoute à Roubaix. J'ai commandé par téléphone c'est pratique. On paie avec la carte de crédit. Le monde moderne a des avantages. Les femmes se laissent plus rosser par leur jules. Pan. Elle l'a liquidé. C'était dans les entrepôts de La Redoute, là où sont entassés les stocks. Paraît que le mec s'est vidé de tout son sang sur les ballots des fringues made in Thailand. Y a dû avoir de la perte. Ça les empêche pas de baisser les prix, à croire qu'ils se tapent un sacré bénef, moins vingt pour cent sur les vêtements des mômes. Je lui ai acheté trois tee-shirts, au gamin.

Embrassons-nous

Est-ce que ça existe l'Australie

Il demande, tout bas, à personne, à la nuit, à son petit frère endormi qui sent le lait et la pisse, Est-ce que vraiment ça existe.

Voix de Mutti dans la cuisine : Tu mens. Tu dis n'importe quoi pour que je m'énerve à en perdre la tête et alors la tête perdue je partirais et tu irais crier sur les toits et sous les toits que j'ai quitté le domicile donjucal [1].

Il n'est pas sûr du dernier mot. Parce qu'aussitôt que Poulou et Mutti braillent des choses lui il se bouche les oreilles. Il les bouche pas complètement il appuie ses mains contre. Mutt a dit que les conversations des grandes personnes sont pas pour les enfants. Donc il essaie de pas entendre et entend quand même.

Son frère dort en suçant son pouce.

Voix de Poulou : Le vieux Clément était sur le bateau. C'est pas de là qu'il aurait fabriqué un lardon [2] à ta mère. T'es la môme d'un autre mec.

Voix de Mutti, une voix pointue qu'il aplatit sous ses paumes : Qu'est-ce que t'en aurais à battre si j'étais pas la fille du vieux Clément tu devrais plutôt avoir envie que le grand-père de tes fils soit pas Clément Dumoulin.

---

1. ***Donjucal*** : jeu de mots qui traduit l'ignorance de l'enfant et son désir de comprendre ; mot formé à partir de « conjugal » (qui se rapporte au mariage) et de « don Juan » (incarnation mythique du séducteur).
2. ***Lardon*** : enfant (argotique).

Mutti ajoute pas fort du tout – et pour lui qui se bouche les oreilles c'est juste comme un soupir, un chuchotement entre ses doigts – Clément le pirate.

Voix de Poulou : Ce que je remarque c'est que toi t'as eu le gosse deux cent quatre-vingt-cinq jours après mon départ pour la plate-forme. Tout comme ta mère t'avait eue un peu trop longtemps après que le vieux avait été coincé dans une affaire de contrebande, et trois mois plus tard en ressortant du placard[1] le vieux lui a mis une branlée[2].

Voix de Mutti : Et le vieux a été reconduit dans son bagne. Condamné cette fois pour coups et blessures tu veux pareil ?

Bruit de chaises déplacées, piétinements. Suffit, dit Mutt, t'as l'air con. Poulou frappe du poing sur la planche aux casseroles. Ça fait tchin toc.

La Chine est le pays le plus peuplé du monde. L'équateur est à égale distance du pôle Nord et du pôle Sud. Gustave Eiffel a construit le viaduc de Garabit[3].

Est-ce que ça existe l'Australie.

Avec une torche électrique c'est facile de bouquiner sous les draps à l'heure de dormir. Clément Dumoulin le grand-père (vrai ou faux) qu'aurait été un pirate assassin si les flics s'étaient pas pointés juste à temps pour l'empêcher de jeter à la mer le capitaine du bateau, Clément lisait comme un fou avant d'être enfermé. Fallait l'entendre après raconter ses histoires de sur les flots bleus qui se mélangeaient avec les histoires sur le papier. Grand-père Clément dans la prison lisait des histoires du monde et ça l'aidait à oublier que les murs lui cachaient le monde, n'en laissaient voir que des miettes.

Est-ce qu'en prison on lit sous les draps. Est-ce que les prisonniers ont des draps ou seulement une couverture (grise et rugueuse).

---

1. ***Placard*** : prison (familier).
2. ***Branlée*** : raclée, correction (terme familier).
3. ***Garabit*** : célèbre viaduc dans le Cantal, construit entre 1882 et 1884.

Est-ce qu'ils lisent en coinçant le bouquin sous leur couverture (rugueuse) en y glissant aussi une lampe de poche. Et les livres qui les leur passe. Est-ce que y a des prisons bâties sur une île déserte pour qu'aucun prisonnier risque de s'échapper sauf à la nage et à condition que le mec soit un crawleur longue distance – une île qui était déserte avant qu'on y débarque des prisonniers qu'on les entoure de murs est-ce que – en supposant que le cargo qui apporte les provisions a coulé entre les récifs est-ce que les prisonniers mangent les livres après avoir mis les pages à tremper dans un peu d'eau (saumâtre [1]).

Quand y aura plus rien pour se nourrir est-ce que les gardiens mangeront les prisonniers.

Mutti se plaint de ces Est-ce que, ça la fatigue. Ce soir il dit pas est-ce que, il écoute. Non il écoute pas il se bouche les oreilles parce que Mutti et Poulou se chamaillent. Vont encore choisir des mots dégoûtants. Poulou répétera qu'on pourrait se demander qui est le père du bébé. (Le frère s'en moque et suce son pouce.) Mutti finira par déclarer que c'est infernal. Une vie comme ça. Donjucale.

Le Nil traverse l'Égypte en déposant des alluvions fertiles. Les banquiers anglais portent un chapeau melon. Le temple d'Angkor appartient au Cambodge. Les pygmées [2] préfèrent le ver blanc au poisson.

Quand le petit frère dort pas il tente de lui expliquer où en sont les choses. Poulou a menacé de découper Mutti avec la tronçonneuse. Ouah il aurait dû se taire le petit frère va rêver d'une maman en rondelles. Le petit frère arrête pas de mâchouiller son pouce. Ce bout de chair fripée on dirait une quéquette.

Lui il fera gaffe. Écoutera plus les histoires du grand-père. Veut surtout pas qu'on lui enseigne comment marche la tronçonneuse. Mais parfois Mutti le houspille [3], elle dit, Monte dans ta chambre j'en ai assez. La chambre devient un cachot. D'habitude

---

1. ***Saumâtre*** : salée.
2. ***Pygmées*** : peuple de petite taille vivant en Afrique équatoriale.
3. ***Le houspille*** : le gronde.

la chambre – à lui et au bébé – est plutôt un vaisseau spatial ou une fusée chargée de livres et de carburant avec aussi des réserves de chewing-gums parce que ça dure très longtemps le voyage jusqu'à la planète Mars.

Il a presque décidé d'envoyer là-bas les parents. Il ira les conduire. Les présenter. Pour s'installer faut sans doute une autorisation. Là-bas il donnera des renseignements sur comment est le monde. Le monde des gens qui sont pas des Martiens. Il a beaucoup lu beaucoup appris déjà. Les insectes sont plus nombreux que les oiseaux. La choucroute est un plat alsacien. Les volcans en activité laissent jaillir des laves brûlantes. Le Transsibérien roule sur une voie ferrée de 9 300 kilomètres.

Il espère bien que les Martiens ce qu'il sait les intéressera.

Peut-être que les Martiens demanderont si l'Australie ça existe. Une question qui n'a pas de réponse. Il n'a rencontré personne qui sans la moindre hésitation jure que l'Australie existe. Les gens rient (jaune [1] ?) et disent, Ben oui puisqu'on te le dit. Le disent après un silence. Comme s'ils n'étaient pas sûrs. À l'école le maître prend un air étonné, Quelle idée – et se retourne pour engueuler ceux qui passent des messages aux filles entre les tableaux de conjugaison du Bescherelle [2].

Mars existe, tout le monde l'affirme, ça se voit dans les télescopes et sur Mars y a des chances que les parents se disputent pas. Les maris disent, D'accord ma belle. Les femmes disent, Okay chéri. Disent ça en langage de Martiens. À moins que sur Mars on parle seulement par la pensée, les enfants se bouchent plus les oreilles. Sur Mars les parents ont pas des drôles de noms comme Poulou et Mutti, c'est eux qui ont voulu. Voulaient un nom pas ordinaire, du chinois [3]. Il attend qu'arrive dans sa classe un nouveau qui serait chinois pour lui demander comment on dit papa-

1. ***Rire jaune*** : rire en se forçant (jeu de mots si l'on considère que l'Australie est peuplée par la « race jaune »).

2. ***Bescherelle*** : manuel scolaire, répertoire des conjugaisons.

3. ***Du chinois*** : une expression incompréhensible.

maman dans son pays, la Chine. En récré y a plusieurs Chinois mais qui parlent pas le chinois et quand on les embête ils crient, Je le dirai à mon père.

C'est aux Chinois qu'on doit l'acupuncture[1]. Les mandarins sont puissants et respectés. Le Yang-Tsé-Kiang est un fleuve immense appelé aussi le fleuve Bleu. On a compté en Chine trois mille sept cent cinq vieillards centenaires.

Le petit frère est trop petit pour discuter le nom des parents, il dit Mi et Pou, voilà ce qu'il sait faire. Ça et pisser au lit.

À la maison les bagarres se sont arrêtées un moment le soir où Poulou a sorti de sa poche des sous gagnés en grattant un ticket et les a donnés à Mutti sauf dix francs que Poulou conservait pour acheter un autre ticket gagnant qui a perdu. Mutti alors a grogné que de toute façon vu ce qu'on doit pour le loyer. Poulou a dit, Bordel, Mutt a dit, Sshh. Lui tenait déjà sa tête entre ses mains et quand même il entend Poulou et Mutti qui hurlent. Il va les tuer. Il va dire le mot qui tue quand il le trouvera dans les livres ça traînera pas, tous deux tomberont morts sur le coup. Le juge cherchera qui a dit le mot, peut-être un sale individu passant par là qu'avait horreur du tapage. Des fois les juges comprennent. Et aussi les gens du téléphone au numéro spécial pour enfants maltraités qui à force ont des bourdonnements d'oreille.

Aux Seychelles[2] vivent des tortues pesant jusqu'à cinq cents kilos. Pavese[3] est italien. En Inde le grand figuier banian recouvre plus d'un hectare. Dans deux millions de siècles la corne de l'Afrique[4] voguera à la dérive.

Dans deux millions de siècles les hommes occuperont Mars. Ça aura été une conquête pacifique. Avec drapeaux fanfare confettis

---

1. ***Acupuncture*** : médecine traditionnelle qui se pratique à l'aide de fines aiguilles que l'on plante dans des points précis du corps humain.

2. ***Seychelles*** : archipel de l'océan Indien.

3. ***Cesare Pavese*** (1908-1950) : écrivain italien.

4. ***Corne de l'Afrique*** : pointe de l'Afrique (Éthiopie, Érythrée, Djibouti, Somalie) séparée de l'Arabie par la mer Rouge.

majorettes. Alors pourquoi pas envoyer Poulou et Mutti sur Mars en éclaireurs. Disons Poulou sur Mars et Mutti sur Vénus qui bientôt seraient tristes d'être séparés. Lui il recevrait leurs lettres chaque semaine (des lettres vieilles de pas mal d'années-lumière). Dedans Mutt aurait écrit, Je m'ennuie de Poulou. Poulou de son côté, Je veux revoir Mutti. Lui il promettrait d'arranger les choses. Un jour. Bientôt. Pour finir on irait tous sur Mars.

Si elles s'arrangent. Les choses. Mutti a baissé la voix et murmure, Y a plus qu'une solution. Est-ce qu'elle parle d'acheter un revolver ou de mettre du poison dans la soupe à Poulou, ou d'abandonner le domicile donjucal. Ou est-ce qu'elle va dire gentiment qu'on pourrait s'offrir des glaces tous ensemble au coin de la place. Des fois ça se termine comme ça leurs querelles. Le bébé laisse dégouliner sa crème framboise/citron sur son tee-shirt et personne se fâche.

À Cambrai [1] les bonbons s'appellent des bêtises. Le piranha [2] est connu pour sa voracité. En Scandinavie les îles Karl demeurent dans l'obscur du mois d'octobre au mois de février.

La lampe de poche s'est éteinte juste comme Mutti disait, Et les enfants. Tu ne ferais pas ça aux enfants. Poulou a dit, Bon taistoi les enfants dorment. Poulou et Mutti sont sortis sur le balcon et l'odeur des lilas est entrée dans la chambre. Alors il a fermé les yeux. Le livre est tombé sur le tapis. C'est l'*Almanach des petits futés* [3], faut répondre aux questions posées on vérifie en dernières pages. Ça apprend ce qu'on doit savoir pour vivre sur notre terre.

Sur notre terre mais pas sur Mars.

La plus haute montagne du globe est l'Everest.

Les fusées pour Mutt et Poulou ne sont encore que des dessins. Il les a montrés au petit frère qui n'a pas donné son avis.

---

1. ***Cambrai*** : ville du département du Nord (59).
2. ***Piranha*** : petit poisson carnassier des fleuves de l'Amérique du Sud.
3. ***Almanach*** : ouvrage de vulgarisation des connaissances qui se présente comme un calendrier.

Hier soir quand Poulou a été repris d'une colère lui d'abord il a oublié de mettre ses mains sur ses oreilles. Ça parlait pas de tronçonneuse.

Faudrait se hâter de les expédier au loin, les parents. À moins qu'enfin ils meurent. Par la faute de personne. Paisiblement dans leur sommeil. Ça arrive. Il a tourné toutes les pages, le mot fatal est pas dans l'almanach. Rien d'étonnant y a trop de gens qui lisent.

Il s'occupera du bébé. Il lui attachera les bras derrière le dos pour que son pouce tellement sucé ressemble plus à une bitoune. Et puis il lui répétera ce qu'il a lui-même appris dans le manuel ça peut servir.

L'Australie est baignée par la mer de Timor, la mer de Corail, la mer de Tasman, la mer d'Arafura. Baignée par. Ce serait la preuve que l'Australie existe. Poulou sur Mars. Mutti sur Vénus. Le petit frère, il l'emmènerait en Australie. Plutôt chouette de nager dans les eaux à l'entour.

Manquera que le baiser du soir, celui de Poulou qui pique mais fait du bien. Celui de Mutti si doux qu'il n'est pas sûr de pouvoir s'en passer. Le bisou mouillé du vrai ou faux pépère quand Clément Dumoulin vient en visite et Poulou sort claquant la porte.

Lorsqu'à l'école le maître a dicté le sujet pour un contrôle de géo, écrivant *Australie* au tableau, lui il a rien voulu dire, il a rien mis sur son cahier. Il a bafouillé, Est-ce qu'on sait. Il a eu à copier cent fois que l'Australie est un territoire de 7 631 668 kilomètres (carrés, en plus). Les villes principales sont Sydney et Melbourne. La capitale est Canberra, il a copié cinquante fois, avec un seul r ou deux. Le maître a soupiré très fort, a décidé que ça suffit et a marqué *Vu* sur la page. En déclarant que maintenant tu sauras.

Il a dit oui poliment. Pour pas être encore puni.

Embrassons-nous

Tout finira par s'arrêter

Oui. Un jour ça va arriver. La fin du monde.

Non, la fin du monde on n'y échappera pas. C'est écrit c'est dans l'ordre des choses.

Dans pas longtemps ça pourrait être. Elle l'a dit elle a dit qu'elle sait. Elle a demandé aux cartes elle a regardé dans le marc[1] de café et puis la boule de verre. Elle est vieille mais elle sait encore, elle connaît les noms des astres, Saturne Uranus. Jupiter. Mars et Phobos et Neptune. Elle dit qu'elle a de quoi raconter sur l'alignement des planètes. Elle parle aussi de l'horizon entrouvert, de nuées grouillant d'archanges. Elle sait tout du Dieu de Gloire et de Sa plus grande gloire à venir, ce jour-là après le jugement dans les transports[2] d'une musique céleste, des roses garanties sans épines couronnant le front des élus. Pas les élus comme ceux des discours pour inaugurer le stade ou pour le banquet des anciens combattants, pas les élus du peuple mais les élus du Seigneur[3].

Elle sait. Elle veut rien nous cacher. Autrefois elle nous berçait dans ses bras. Et toi le plus grand tu étais jaloux, elle te prenait sur ses genoux en continuant à me serrer contre ses lolos[4] et moi

---

1. ***Marc*** : résidu d'une matière que l'on a fait infuser. Le marc de café sert à la divination.
2. ***Transports*** : élans, enthousiasmes.
3. ***L'horizon entrouvert, les nuées grouillant d'archanges, le Dieu de Gloire, le jugement, les élus du Seigneur*** : images empruntées à l'Apocalypse, dernier des livres de la Bible, qui prophétise la fin du monde.
4. ***Lolos*** : seins (familier).

je gigotais, te donnais des coups de pied. Toi et moi on était pas encore devenus des copains à la vie à la mort juré pourvu que ça dure.

Pendant que ça dure c'est bien. Surtout pour faire des conneries comme tu dis, nos conneries qu'elle appelle des sottises, ayant passé des années chez les bonnes sœurs du couvent. Voilà pourquoi elle en connaît si long sur le Seigneur qui viendra à la fin des temps pour régler en gros et puis en détail l'opération fin du monde, tout déclencher comme c'est prévu. Les sœurs lui ont appris ça, et à repriser raccommoder, un truc utile quand toi et moi après l'école on court les bois et les fringues se déchirent.

Y a des jours l'école est fermée. Et lorsque l'école est fermée (pour cause de grève ou cataclysme[1] ou parce que l'air est trop pourri et qu'on doit rester chez soi ils l'ont dit à la radio) elle croit que ça tient à la position des astres. Leurs déplacements. Ces jours-là elle grogne elle proteste elle dit que la Science faut pourtant qu'on l'apprenne, qui démontre que la terre est ronde et tourne lentement dans le ciel et c'est une idée du Seigneur qui sans bouger de son trône garde un œil sur toute sa création.

Toi tu interroges, Mais pourquoi que le Seigneur il voudrait que ça finisse ? Elle dit que c'est Son Projet. Un beau matin il va crier qu'il en a ras le calice[2] des coups et blessures et bagarres et crimes et sida et poubelles qui débordent et containers remplis de merde. Elle dit aussi que les Bons ce jour-là auront leur récompense.

On essaie d'être bons. Les mouches on leur arrache plus les ailes, on leur en coupe seulement un bout avec ses ciseaux de couture qu'elle oublie de ranger. Quand on s'amuse à dénicher les œufs on en laisse un pour consoler la mère. On dit à Vlado le boiteux qu'à la fin du monde, en supposant qu'il soit bon, sa jambe droite plus courte que la gauche elle rallongera. Toi tu

1. ***Cataclysme*** : grand bouleversement terrestre.

2. ***Ras le calice*** : réinterprétation du cliché « ras le bol » ; pour les chrétiens, le calice désigne la coupe qui contient le vin consacré.

résistes pas à l'envie d'ajouter que si par malheur elle rallongeait trop il continuerait à marcher de travers et pour les siècles des siècles[1]. À lui flanquer la pétoche tu choperas du purgatoire[2].

En l'an 2000 peut-être. La fin du monde. Elle dit oui en l'an 2000 ça l'étonnerait pas, ça fait un chiffre rond. Quand sur sa lancée elle se met à chanter ron ron petit patapon on devine qu'elle a sifflé toute la bouteille.

Ben oui la bouteille qu'elle nous envoie acheter chez l'épicier et il a dit, Mes enfants juste encore une qui sera la dernière parce que l'alcool on n'a pas le droit d'en vendre aux mineurs. Les mineurs sont les gars dans les mines qui cherchent de l'or ou du charbon donc l'épicier il déconne. On lui dit à elle que l'épicier déconne et elle hausse les épaules, elle dit que son signe à cet homme ça doit être le Scorpion avec ascendant Sagittaire, alors pour lui en ce moment c'est pas du tout une bonne période à cause d'une moche conjonction des astres.

Quand elle a vidé sa bouteille elle prend un air de vouloir roupiller. Et nous on file dans les bois. Parmi l'herbe et les feuilles on trouve des petites bêtes que des fois on écrase, petites ou plus grosses, carabes[3] ou mulots. D'autres fois on les laisse aller. (Pour son Jugement dernier, le tableau final où sont réunies toutes les créatures Dieu les rattrapera.) De temps en temps mais pas souvent on voit des gens. Y a un homme avec un fusil qui va demander ce qu'on fout là. On traîne dans les bois parce qu'à l'école la maîtresse elle a dit que sur le cahier d'exercices on racontera une promenade dans les bois. On parlera pas de l'homme (qu'aurait donc un fusil) qui a dit que si on rapportait qu'on l'a vu il nous percerait un trou entre les deux yeux. Il est parti. Au travers des feuillages. Après qu'on croyait l'avoir vu

1. ***Pour les siècles des siècles***: dans la religion catholique, expression superlative qui ponctue certaines prières pendant la messe.

2. ***Purgatoire***: lieu où les âmes des Élus purgent leurs fautes; il est assimilé par l'enfant à une sorte de prison temporaire, avant l'entrée au Paradis.

3. ***Carabes***: insectes dorés.

pendant des tas de secondes qui duraient des heures on a pas ouvert la bouche. Toi le premier t'as reconnu qu'on avait les chocottes. C'est pas sûr qu'à la fin des fins Dieu saura réparer les trous dans le crâne et non plus la jambe de Vlado. Et son foie à elle qu'est esquinté – si rose[1], le docteur a dit – je te parie que le petit père Bon Dieu quand il faudra qu'il s'en débrouille il sera sacrément emmerdé.

La fin du monde. Le jugement. Ça se prépare. Y aura des comptes à rendre. C'est elle qui le dit en levant la bouteille pour s'encourager, probable. Mais elle a rien à craindre elle dit parce qu'elle nous a ramassés dans un fossé ce qui est une bonne action. Et qu'elle nous a élevés, ça pèse dans la balance qui penchera forcément du bon côté. Celui des bons. Nous quand on s'applique pas trop on serait plutôt mauvais que bons. Surtout toi. Elle dit qu'on doit ça à l'époque et puis aux Événements. Dans le ciel, les mouvements des planètes. Sur terre les guerres les catastrophes. Avec autour l'univers qui chavire. Pour elle ce serait la raison que toi t'as l'idée de démolir dans un monde où y a tous les jours plein de sales coups à la minute. Quand même si t'avais voulu t'aurais bien pu t'empêcher de cogner sur le chat, de chiper les cierges à l'église. Surtout qu'aussitôt après tu savais déjà plus quoi en faire (du chat crevé) (des cierges). Quand on est bon la vie est plus facile. Essaie tu verras, question d'habitude. Ça s'apprend pas c'est pour chacun le choix entre les deux natures. Y a des trucs qui aident comme de répéter très vite et fort Vierge Sainte et Pure Soyez Notre Soutien. La Vierge qui serait comme qui dirait notre vraie mère donnera un coup de main. Pour nous sauver de la Tentation[2].

Si on cédait pas à la Tentation on aurait jamais la trouille. Même pas des hommes dans les bois. Quand on lui en cause à elle de celui qu'on a rencontré elle prend les cartes et elle dit pas

1. ***Si rose*** : jeu de mots avec « cirrhose », une maladie du foie due à l'excès d'alcool.
2. ***Tentation*** : désir qui pousse à commettre un péché.

possible y a pas d'homme au fusil avant au moins une semaine. Mais après s'agira d'ouvrir l'œil. Ou ce serait que les cartes disent des menteries et ça la met dans un état terrible elle tremble elle crie que les foutues garces si voilà que faut plus les croire alors la fin du monde est proche.

En l'an 2000. T'as les boules. Tu dis qu'en supposant qu'on ait du fric on irait dans un autre pays où y aurait pas de fin du monde. Comme si le monde c'était pas tous les pays avec toutes les terres et les océans. Tu dis, Ben au moins un pays où y aurait pas l'homme au fusil dans les bois. Moi je dis, Même qu'elle a parlé d'un homme au fusil (dans les bois) il est sûrement parti. C'était un braconnier[1]. Pas un tueur d'enfants. Toi, parce que t'es mauvais tu crains, t'es dans l'attente du châtiment. Tu dis que c'est les sous qui manquent. On s'en irait, tu répètes. On irait où, je dis. Et puis, Les sous pour en trouver – Galère.

Mais t'as dit, Regarde, en sortant de ta poche tout ce que tu lui as piqué. À elle. Des billets et des pièces. Et pour une fois toi qu'es pas fort en calcul t'avais compté sans te tromper, y avait juste deux mille.

Doucement, vieux, ça dérape. Tu veux qu'elle se suicide au gaz parce qu'elle a pas de quoi le payer, le gaz ? Tu veux qu'elle nous dépose chez les sœurs du couvent et on mangera du pain avec des vers dedans ? Lorsqu'elle a vu que le tiroir était vide elle a pleuré et elle disait qu'elle avait caché là toutes ses économies. Et la semaine d'avant déjà quand le type de la mairie était venu déclarer que vous pouvez pas les garder – c'était de nous deux qu'il parlait – elle avait hurlé saprénom[2] que le flouze[3] elle en avait assez pour qu'on soit pas dans le besoin.

Elle a dit que c'est pas coton, la vie. Que ce serait utile de prier comme elle a appris au couvent mais qu'elle a perdu les mots. La bouteille ça réconforte. Elle a dit que l'homme au fusil c'est à cause

1. ***Braconnier*** : quelqu'un qui chasse en contrevenant à la loi.
2. ***Saprénom*** : juron (sacré nom de Dieu).
3. ***Flouze*** : argent (argotique).

de lui qu'elle se tape ces litrons qu'on lui ramène. Qui vous brûlent l'intérieur. À cause de lui ce jour-là, y a longtemps quand elle était petite, quand elle l'a rencontré dans les bois. Elle a eu peur. Elle a eu mal. Après, à ce qu'elle dit, elle a jamais voulu vivre avec un homme comme font les femmes qui sont pas allées dans les bois, et non plus avoir un enfant. Sauf que nous elle nous a pris parce que ç'aurait pas été humain de nous laisser dans le fossé où on dormait un soir d'hiver, à l'orée du bois justement. Et maintenant elle dit que les tracas recommencent, voilà que cet homme va nous tourmenter. Elle tire les cartes elle dit que les cartes sont pas bonnes même quand elle triche.

Le docteur qui écrit les papiers il dit que dans les bois y a pas d'homme au fusil. Il dit qu'elle a fabriqué cette histoire-là dans sa tête. Qu'elle nous l'a fourrée dans nos têtes. La fin du monde ? il a pas réfléchi. On dit, Est-ce que. Y en aura une en l'an 2000 ? Il dit, Eh bien. Il dit que. Honnêtement il sait pas.

C'est embêtant on est coincés. Homme au fusil ou pas homme au fusil nous non plus on sait pas, on voit partout des dangers. Y a les gens de la mairie qui répètent qu'elle est malade et c'est pour ça qu'ils vont nous prendre. Si elle est malade faut pas l'abandonner. Même toi qu'es plus mauvais que bon tu dis, Faut qu'on la soigne. On a l'argent pour les tisanes.

Supposons. Ça la guérit pas. Alors y aura qu'à demander très fort l'aide du Seigneur ce sera encore à moi de me débrouiller. Peut-être qu'elle mourra. Si elle meurt je vois qu'une chose à réclamer. Seigneur donnez-nous vite une fin du monde y compris la résurrection. Et qu'elle soit là comme avant dans sa robe noire de tous les jours et son tablier à carreaux et en plus un collier de roses autour du cou. On manquera pas de lui crier des menaces à Dieu, Résurrecte-la [1] bon Dieu ou bien on te sert des chapelets d'injures, deux mille fois merde et vieux machin et p'tit rigolo et

1. ***Resurrecte-la*** : néologisme formé sur le nom « résurrection ». Le verbe correct est « ressusciter ».

puis d'autres mots encore plus malpolis que Vlado nous a enseignés, à répéter éternellement.

Par moments cet homme au fusil je suis pas sûr qu'on l'a inventé. À moi aussi ça me fout les jetons ; si c'était vrai l'homme au fusil vaudrait mieux lui passer les sous et qu'il décampe. Mais c'est pas vrai dis c'est seulement des histoires qu'elle raconte pour nous empêcher d'aller traîner qu'est-ce que t'en penses.

On reste près du lit. À elle. Toi et moi. On la reluque. Elle est vieille, toi et moi on se dit qu'elle est chouette avec sa peau grise, ses rides, son air de savoir où en sont les astres. Elle dit, Amenez les cartes. Le gros paquet. Elle dit oh qu'elle pourrait les battre de travers, retirer celles qui annoncent le malheur. Mais ça changerait rien. À l'ordre des choses. C'est tout ce qu'ils font, les hommes, qui se retourne contre eux, leurs fusées leurs satellites les marées noires la pollution les guerres. Et le viol des petites filles. Dans les bois.

Elle on veut pas qu'ils l'enferment. Même qu'ils disent que c'est pour son bien. On ira encore lui acheter sa bouteille elle boira un coup au goulot et après chantonnera que ben ça va mieux. On ira chez un épicier qu'en aura rien à branler si on est mineurs ou quoi. Ça va mieux, beaucoup mieux, elle dit. Aujourd'hui les cartes obéissent.

Tu clignes les yeux, tu regardes le ciel. Le trou dans l'ozone [1] on dirait qu'il rapetisse.

En l'an 2000 le premier janvier sera un samedi.

Quelque chose de la vie, Seghers, 1991 (1re éd.)

---

1. ***Trou dans l'ozone*** : point où la couche de ce gaz atmosphérique s'amincit sous l'effet des pollutions terrestres.

La Bâche

C'est précieux une bâche. Ça fait un toit contre la pluie. Ça fait un mur de maison. Au travers s'en vont les cris les disputes. Restent les regards les sourires.

Enrique, Manuela, Diego, Carlos, Alejandro, Dolores, Miguel, Paula, Rafael

Qui vivent entre et sous des bâches.

C'est extra pour abriter, cacher ce qui a été piqué. Ce qui a été trouvé, que d'autres pourraient faucher.

Ça fait un tapis. Isolant de l'eau, de la boue. Ça fait un terrain d'aventures pour los niños pequeños [1]. Ne risquent plus de se couper avec un tesson [2] de bouteille ou un bout de fer rouillé.

Enrique, Manuela, Diego, Carlos, Alejandro, Dolores, Miguel, Paula

Une bâche au milieu de la décharge.

Soulever la bâche. Demande réflexion. Quand personne ne sait ce qui va apparaître. L'ignorance n'est pas mère de tous les désespoirs. Qui ne sait rien peut croire qu'il n'y a rien. Sous la bâche.

Enrique, Manuela, Diego, Carlos, Alejandro, Dolores, Miguel

Aucun n'a vraiment envie de savoir.

---

1. *Los niños pequeños* : en espagnol, « les petits enfants ».

2. *Tesson* : débris de verre.

Plier la bâche ? Attention. En deux en quatre, en combien ? Ce n'est pas dit. Personne ne dit. Quelqu'un a juste dit de s'y prendre avec soin. Tissu renforcé, mais qui aura encore de nombreux usages.

Enrique, Manuela, Diego, Carlos, Alejandro, Dolores

C'est raide et parfois ça casse. L'enduit se fendille, s'effrite entre les doigts, laisse des traces.

La bâche est à la frontière des territoires de ceux d'en haut et ceux d'en bas.

La décharge est comme une colline. Avec un haut et un bas.

Lentement s'approcher de la bâche.

À pas retenus. Ça dure.

Enrique, Manuela, Diego, Carlos, Alejandro

C'est un peu de temps gagné sur la bâche. Sur ce que révélera la bâche.

Longuement regarder. La bâche.

Et redire que oui c'est précieux, une bâche. Qu'il y a sûrement toute une série de jeux de bâche à inventer.

Enrique, Manuela, Diego, Carlos

Aucun n'a envie d'essayer.

Avant, les enfants d'en haut jouaient avec les enfants d'en bas. Jusqu'au jour où les grands d'en haut se sont battus contre les grands d'en bas. Les grands ont dit aux enfants qu'il y avait deux pays, celui d'en haut celui d'en bas.

Enrique, Manuela, Diego

Enrique, Manuela

Enrique

Seul debout près de la bâche.

Les autres l'ont lâché, sont des lâches.

Enrique est le plus petit. Il n'y a pas si longtemps Enrique en était encore à ramper sur la bâche. À baver à pisser sur la bâche.

Enrique au bord de la bâche. Enrique le plus petit trop petit pour avoir vraiment peur. Trop petit aussi pour soulever la bâche.

On l'a pris par la main on l'a conduit chez las Hermanas de la Compasión [1]. Dans la maison aux murs en vrai. Les Sœurs avaient mis la table, il a bu un bol de lait, il a mangé une galette de maïs.

Ce qui était sous la bâche on l'a placé sur la bâche. On a déployé dessus une autre bâche. Encore dessus on a posé un bouquet un peu fané.

Et on est allé prévenir la famille.

Après

---

1. ***Las Hermanas de la Compasión*** : « Les Sœurs de la Compassion », congrégation de religieuses.

Il revenait de Chicago, Papa

Elle a quatre ans. Il revient de Francfort.

Papa-maman je peux me mettre dans le lit entre vous deux ?

Maman gronde en riant, Voilà une petite Nanou qui veut me faucher mon mari.

Papa se redresse, empoigne la quémandeuse. Et hop, elle est sous les draps.

J'ai faim, je vais te manger.

Dit-il (papa).

Non dit maman. Sois raisonnable. Tu n'oserais tout de même pas me croquer ce bébé. Je cours te chercher ton petit déjeuner.

Contre le flanc de papa, des bulles au coin des lèvres, les cheveux dans les yeux. Parfum chaud des croissants sortant du four, vapeur embaumée du chocolat bouillant. Les doigts de papa chatouillent dans le cou. Délices.

*

Elle a huit ans. Il revient du Japon. Il a rempli son carnet de commandes. Il va pouvoir offrir de belles vacances à ses deux femmes.

Dit-il.

Papa maman je peux me mettre —

Le lit grince un instant. Les draps sont tièdes et fleurent doux le sommeil.

Tu es comme un bonbon, on aurait envie de te lécher.

Dit-il.

Maman n'a pas entendu. Maman à présent est dans la cuisine disposant sur un plateau les toasts le beurre le pot de miel.

Nanou tend la joue, Lèche, j'aimerais bien. Les petites filles ont le goût de framboise j'ai lu ça dans un livre.

Il dit (papa), Je tiens dans mes bras une Nanou qui déjà découvre la vie.

Pas Nanou. Je suis plus un bébé. Maintenant que j'ai grandi faut m'appeler Anne, c'est mieux.

*

Elle a douze ans. Il revient de l'Illinois.

Il a signé un contrat important. Il dit, Ça marche les affaires, l'argent ne manquera pas pour l'éducation d'Anne, ses loisirs ses plaisirs.

Il est rentré la veille au soir. Ce matin il s'attarde au lit. Maman s'est levée tôt afin d'aller préparer le petit déjeuner de grand-mère. Grand-mère habite la maison d'à côté. Maman a dit, Je serai de retour dans une heure.

Papa, dit Anne, tu veux que je te fasse du café ?

Ça peut attendre, dit papa. D'abord viens près de moi. Pour notre câlin du dimanche matin quand je rentre de voyage. Je t'ai rapporté un cadeau. Tu vas jouer à deviner ce qui est caché dans ma valise.

Il dit (papa), Je te trouve si jolie en nuisette. Ma Nanou je t'adore. Mais tu n'aurais pas déjà un amoureux ? Serrons-nous très fort et raconte.

Dit-il.

Papa.

Ses doigts tripotent. Ici et là. Sous la nuisette.

Le lit grince. Senteur piquante de la sueur et autre odeur fade et bizarre. N'aie pas peur, on joue, dit papa.

Plus tard quand le jeu est fini elle saigne. Elle détourne son regard qui va fixer le plafond. Elle reste immobile sans prononcer un mot.

Il dit, Oh je ne voulais pas. Il dit, Ce n'est rien. Je te demande pardon.

*

Elle a seize ans. Elle se fait appeler Anita.

Elle dit, Mon père ? Il est parti. Ma mère et moi ? Ça baigne.

*

Elle a vingt ans. Elle est secrétaire de direction.

Son patron est le P-DG d'une grosse entreprise. Il dit qu'il est fier de sa secrétaire, qu'elle est belle, qu'il aime ce visage innocent avec dans les yeux quelque chose d'insolite. Qu'il la devine trop sensible, trop vite angoissée. Elle est si jeune. Il l'adore il va l'épouser. Il saura la rendre heureuse.

Il revient de Chicago. Tout s'est très bien passé. Mais il n'a pu prendre que le dernier avion.

Dit-il. Et aussi qu'il veut voir Anne, lui raconter son voyage, l'associer à de nouveaux projets. Il a téléphoné, lui a fixé un rendez-vous demain matin au Sofitel de Roissy.

À neuf heures elle entre dans la chambre, il est encore au lit. Il dit, J'étais si fatigué. Il dit, Anne, ma petite fille, cette valise près de la table ouvre-la. Je t'ai rapporté un cadeau.

Elle se penche vers la table elle saisit à deux mains la lampe au pied de marbre. Elle s'approche du lit. Elle frappe.

Il saigne. Il ne prononce pas un mot. Son regard chavire et se fixe comme s'il contemplait le plafond. Le sang jaillit plus fort et par saccades.

Elle dit, Oh je ne voulais pas. Elle dit, Ce n'est rien. Je te demande pardon.

Les voilà quel bonheur

Passe-moi le sel

1950

Le café est remis en vente libre.

La P… respectueuse triomphe à Broadway.

Oui. L'or du sable. L'horizon mauve. C'est le soir. Si on se baignait ? Deux corps qui dans l'eau se frôlent, se mêlent. Personne sur la plage laisse-moi dénouer ton bikini. Bouge pas. N dit, Oh je vais me noyer. Et M, Ne crains rien je suis là.

Il dit, Viens. On dormira dehors. Serrés l'un contre l'autre dans le même sac de couchage. Les surplus américains[1] quelle aubaine. La toile sent encore la guerre. Tu te rappelles ? À chaque alerte on descendait dans les abris. Ça grouillait de mômes, tous les enfants du quartier sous la houlette des Petites Sœurs des pauvres qui entonnaient des cantiques. La RAF[2] visait les ponts. Une bombe égarée et toi et moi on disparaissait sans avoir connu ce sable d'or, ce ciel nacré. N hoche la tête, On aura appris à jouir du moindre instant de bonheur. M sourit.

Le nylon craque aux coutures. N dit, Tu me fais du bien. Un sac de couchage tel un radeau échoué sur la plage du Lavandou. Déserte. Le ciel est criblé d'étoiles.

---

1. ***Surplus américains*** : stocks de matériel militaire écoulés après la guerre de 1939-1945.
2. ***RAF*** : Royal Air Force, aviation militaire anglaise.

1953

Staline est mort au printemps. *La Pravda*[1] annonce que toute la Russie pleure. Prokoviev est mort aussi. Le 19 juin les Rosenberg ont été exécutés.

Hillary a conquis l'Everest. On attend Godot. Elisabeth II est couronnée en grande pompe. Loin là-bas les paras[2] français sont descendus sur Langson[3]. L'été brûlait.

L.S.K. C.S.Ki

L'été brûle aussi à Paris. Rue Lepic N promène son ventre énorme devant les étals du marché. Elle suffoque, elle se plaint de malaises, d'une constante envie d'uriner, elle a des accès d'exaspération. Quand vient le moment d'entrer en clinique elle sait déjà qu'elle n'aura pas la « chambre seule » qu'on lui avait promise. Deux femmes au teint brouillé des nouvelles accouchées la regardent disposer ses objets de toilette sur le rebord du lavabo. On tirera le rideau autour de votre lit, madame. N souffre. Au Vatican le pape et son concile[4] s'obstinent à condamner l'accouchement sans douleur. N n'a droit qu'à des bouffées de gaz anesthésique pour soulager les affres d'un long travail.

Enfin c'est là. Ça a des mains et des pieds tellement minuscules, adorables. Des plis d'une chair si douce aux poignets, aux chevilles. Petit cul rond et sublime, astre d'un nouvel univers. Ne pas laisser s'y installer une inflammation malsaine. Vite du talc en abondance. Tu as l'air d'une boulangère qui sort tout juste ses bras du pétrin.

Dit M. Qui obtient la permission de tenir prudemment contre lui quatre kilos de miracle qu'on a ramenés à la maison. Il te plaît ? demande N, replaçant précautionneusement Titounet dans

---

1. ***La Pravda*** : en russe, « La Vérité », quotidien soviétique, organe officiel du parti communiste.

2. ***Paras*** : abréviation pour parachutistes.

3. ***Langson*** : ville du Viêtnam.

4. ***Concile*** : assemblée des évêques qui se réunissent pour statuer sur des questions de dogme, de morale ou de discipline.

son berceau princier (garniture à volants bouillonnés et rubans) offert par la mère de N, déjà grand-mère gâteau.

Louison Bobet gagne le Tour de France. Titounet bave et gazouille. N le met au biberon. Le lait de la mère appartient à l'enfant. Encore faut-il qu'elle en ait assez pour que l'enfant ne soit pas rachitique dit N un peu dépitée. La sage-femme a conseillé un lait en poudre, Guigoz, peut-être.

Va pour Guigoz. L'armée française se poste à Diên Biên Phu.

Dans l'affaire du crime de Lurs, Gaston Dominici passe aux aveux.

Le cousin Paul sera le parrain du bébé. C'est un brillant étudiant en droit, très préoccupé cette année par le choix de ses stages de fin de cycle. On profitera des vacances de Noël pour baptiser Titounet (Bruno Christian Edmond).

1956

Rainier de Monaco épouse Grace Kelly. On a fêté dimanche le troisième anniversaire de Titounet. Le cousin Paul est un des quatre cent cinquante mille soldats du contingent occupés à « pacifier » l'Algérie. Lorsqu'il vient en permission N lui fait des crêpes au sucre, il les adore.

N parle de reprendre son travail aux Galeries Lafayette. En septembre, à la rentrée des classes, Titounet ira à la maternelle. La garde à domicile pose toujours des problèmes, l'école a bien des avantages, dit-elle, les enfants y apprennent la vie en société. M préférerait que désormais N s'en tienne au rôle de femme au foyer. Mais il admet que c'est à elle de choisir le genre d'existence qui lui convient. M ne refuse pas de donner un coup de main pour les tâches ménagères. Baisse un peu la radio, dit-il, les Duraton nous cassent la tête. Si on partait pour le week-end ? Si on achetait une Dauphine[1] rouge ?

---

1. ***Dauphine*** : modèle de voiture lancé par Renault en 1956 et qui connut dans les années qui suivirent un énorme succès.

La voiture de Jackson Pollock s'écrase contre un arbre. Anquetil sur son vélo impeccable parcourt en une heure quarante-six kilomètres cent cinquante-neuf mètres et soixante-seize centimètres dans un style d'une pureté parfaite, battant ainsi le record de Coppi. Au mois de novembre, un jour de pluie et de vent les chars russes pénètrent en Hongrie.

Bonjour tristesse a été traduit en dix-sept langues.

N est irritable. Ses règles sont en retard de quinze jours. M dit qu'il a pris les précautions indispensables. Que ça n'est d'ailleurs pas bandant. Quoi ? Eh bien, d'être prudent. Chaque matin, quand N l'emmène à l'école, Titounet braille et se cogne sauvagement la tête contre la barre de sa poussette. Pourtant les premières semaines, la maîtresse assurait qu'il s'adaptait sans problème. La scolarité obligatoire est fixée à seize ans. Ça ne change rien pour Titounet, M et N ont déjà décidé qu'il ferait de longues études. Il recommence à souiller ses culottes Petit-Bateau.

1959

À l'occasion des prodiges réalisés par Lunik II[1] qui photographie la face cachée de la lune M et N tentent de donner à leur gamin une première notion de ce qu'est l'Univers. Titounet s'obstine à demander si les anges dorment dans un lit.

Choupette est née en septembre 57. Pendant trois mois elle a pleuré la nuit. Son frère ne semblait pas l'entendre. Maintenant il est fier d'aller à la grande école. Bientôt il saura lire. N le surprend courbé sur un livre qu'il tient à l'envers. Tu ne déchiffrais pas ta page. Non je l'inventais, dit-il.

Brigitte Bardot proteste avec véhémence contre l'indécent aplomb des photographes qui ne cessent de l'importuner. Le Chah épouse Farah Diba. À Fréjus rupture du barrage. L'eau et la boue engloutissent des centaines de paisibles dormeurs. Titounet est

1. ***Lunik II*** : sonde spatiale soviétique.

tenu à l'écart des récits de la catastrophe. La république chinoise a dix ans.

Pierre Dac affirme qu'il n'a pas peur du jugement de l'Histoire et il signe Furax.

Choupette est une petite fille modèle. Titounet et Choupette s'adorent dit grand-mère qui leur tricote à chacun un blouson au point de riz. Titounet couvre sa sœur de caresses et déclare qu'elle est jolie comme une princesse. En douce il lui donne des coups de pied. Choupette pleurniche sans songer à se plaindre. N voit et ne dit rien.

Le dalaï-lama se réfugie en Inde.

1962

N et M se querellent. M prétend que les gosses font trop de bruit. Il ne peut se concentrer sur les dossiers qu'il apporte chaque soir à la maison (afin d'être moins longtemps loin de ses trois chéris, dit-il). N rétorque sèchement que rien ne l'obligeait à être agent d'assurances. Il aurait pu choisir un métier plus relax. La dispute durera environ douze minutes. Suit une tendre réconciliation.

Le cousin Paul a terminé son service. Il évoque ses souvenirs d'Algérie. Les tortures. La corvée de bois [1]. N s'inquiète, il montre les signes d'un profond traumatisme. Elle s'efforce de renvoyer Titounet à ses jeux mais l'enfant est fasciné par le récit des aventures de son parrain. M propose une partie de Monopoly. Choupette comptera pour du beurre dit Titounet qui vend à Paul l'avenue de Breteuil en lui consentant un généreux rabais. John Glenn tourne autour du globe dans sa capsule Mercury. Le recensement est terminé : 46 247 514 habitants pour le territoire français (non compris Saint-Pierre-et-Miquelon). Si on n'avait pas eu Choupette, dit N rêveuse, ça ferait 46 247 513. Et pourquoi

1. ***Corvée de bois*** : expression qui, pendant la guerre d'Algérie, servait à désigner chez les militaires les exécutions de prisonniers.

m'man que tu m'aurais pas eue ? T'es contente hein. De m'avoir eue. Ou bien tu veux m'abandonner et qu'une autre dame elle m'adopte ? Ne dis pas de bêtises.

Le paquebot *France* quitte Le Havre pour sa première croisière. Eichmann est condamné à la pendaison, N et M hochent la tête quand Titounet demande, Qu'est-ce qu'il a fait ? M parle de crimes contre l'humanité. Luma c'est chouette comme prénom dit le gamin. Massacre au métro Charonne. Dégueulasse, gronde M, et N lui demande de surveiller son langage. Au moins pendant les repas en famille. Tiens passe-moi le sel s'il te plaît.

Choupette s'est frotté les yeux de ses mains sales, elle a une conjonctivite. Elle hurle qu'elle devient aveugle. Titounet promet de dresser un chien pour qu'il la conduise. Elle hurle qu'elle a peur du chien il a peut-être la rage. Un jeune homme est abattu en tentant de franchir le mur de Berlin. Les prêtres renoncent à la soutane[1]. Marylin Monroe se suicide après avoir enregistré sur son réveil-magnéto, *Wake up. You have a plane to catch.*

Record du saut en hauteur : 2,26 m.

On ne mange pas sans pain dit N d'une voix sévère. Titounet grogne et s'enferme dans la salle de bains, il s'arrange pour boucher la cuvette des W.-C. avec l'éponge du lavabo. N est fière de sa fille qui suit le cours préparatoire de l'école privée du quartier (à la communale elle risquerait des bousculades). Sur une photo encadrée de bois verni Choupette et Titounet jouent dans le square blanc. Choupette a l'air gelée. Titounet brandit une boule de neige. Tous deux portent un duffle-coat[2].

Titounet est en huitième et entreprend de vendre à un copain la montre de son grand-père une Amaury qu'il a trouvée dans le tiroir du buffet. M et N prévenus par le directeur décident de ne pas en faire un drame.

---

1. ***Soutane*** : longue robe noire, vêtement traditionnel des prêtres.
2. ***Duffle-coat*** : manteau trois-quarts en gros tissu de laine et muni d'une capuche.

1965

Le vingt-quatre janvier le vent souffle durement lorsque M quitte le bureau, s'arrête un instant devant le kiosque au coin de la rue Réaumur et du Sébasto[1]. La mort de Churchill est en gros titre. Sur la première chaîne après les infos un programme de circonstance remplace les variétés. Titounet refuse de s'y intéresser et râle, Oh cette foutue guerre ils vont pas bientôt finir d'en parler ? N l'envoie dans sa chambre étudier son latin.

La pile Wonder ne s'use que si l'on s'en sert.

Grand-mère vient en visite. M et N en profitent pour aller voir *Le Bonheur* qui a obtenu le prix Louis-Delluc. Grand-mère gardera les enfants. À la sortie du cinéma N est en larmes. M proteste et lui rappelle qu'il avait suggéré une soirée au Gymnase où se produit Fernand Raynaud. Encore un sanglot et N dit que ce n'est rien quelle nuit splendide rentrons à pied. À la maison grand-mère ronfle, son dentier trempe dans un verre d'eau sur la table de la cuisine. Assise au bord de son lit Choupette vide à la cuiller un pot de confitures, Titounet chevauche le dossier du canapé il astique une étoile de shériff avec sa manche de pyjama. On pouvait pas dormir, dit-il. À la télé y a que des conneries. On se racontait des histoires de vampires.

En avril ne te découvre pas d'un fil. En avril des bombes au napalm sont lancées sur le Viêtnam. En mai Sylvie Vartan épouse Johnny.

N dit, Titounet retire ta main d'entre tes cuisses. Ça me pique. Au médecin qui l'examine Titounet confie qu'il aimerait bien être Nick Jordan. Le médecin est rassurant, les testicules de ce valeureux Nick Jordan ne présentent rien d'anormal. N rougit en l'écoutant évoquer les pratiques masturbatoires habituelles aux préadolescents. Le médecin conseille d'encourager Titounet à fréquenter un club sportif, il a besoin de se dépenser physiquement. N signe un

1. ***Du Sébasto*** : abréviation pour « du boulevard de Sébastopol », boulevard parisien.

chèque, J'en parlerai à mon mari. À peine de retour à la maison Titounet a déjà résolu d'être champion de karaté, rien d'autre. Tais-toi, dit N. Mange tes tartines.

Choupette, le regard fixé sur la poitrine de sa mère, demande si un jour elle aura des seins elle aussi. Bien sûr. Ça viendra en son temps. Choupette pleurniche, elle dit que justement faut pas que ça vienne. Ce temps-là des gros nénés et du sang qui coule entre les jambes. Mon trésor, c'est la vie. Eh bien la vie elle en veut plus. Elle dit encore, On peut pas m'obliger. Après le coucher des enfants N rapporte l'incident à M qui s'émeut, Pauvre chérie, et rassure, Ça lui passera.

Le même soir il embrasse sa fille avec une tendresse nouvelle.

Tout le monde adopte Dop.

Au Royaume-Uni la peine de mort est abolie. De Johannesburg, Pieter W. Botha invite les couples blancs à mettre un bébé en chantier le 31 mai, jour du cinquième anniversaire de la République. M suggère timidement qu'une famille de trois enfants ce serait bien. N proteste avec véhémence. Titounet est au lycée. Fou de joie d'apprendre l'anglais. Toutes ses conversations commencent par Hello boy.

1968

Dans le tournoi des Cinq-Nations la France bat l'Écosse 8 à 6.

Titounet renâcle quand on l'envoie chez le coiffeur. Il porte des jeans effilochés. Choupette exige elle aussi le jean et les clarks[1]. Elle n'arrête pas de fredonner *Aragon et Castille*. Titounet préfère le style Bob Dylan. N et M s'offrent une escapade. À Pâques ils partent pour Venise. Là-bas l'ocre et le doré les apaisent et les ravissent, ils s'aiment ils s'aimeront toujours. Voilà dix-huit ans que ça tient, ils ont su colmater les brèches. C'est dans le train du retour que N soudain se fige lorsque s'assoit devant elle le superbe mec bronzé dents blanches-haleine fraîche,

1. ***Clarks*** : marque de chaussures pour hommes ou femmes.

jambes longues épaules musclées qui est monté à Milan. Il ne semble pas comprendre le français. Il s'absorbe dans la lecture du *Corriere della Sera*[1]. Jusqu'à l'arrivée à Paris N somnole en suçant des menthes. Quand le train entre en gare de Lyon, M s'étonne de son air abattu. Elle dit, Ce n'est rien. La fatigue.

Titounet revient le lendemain d'un camp d'ados en Haute-Savoie et Choupette d'un séjour chez grand-mère. Choupette prétendait voyager seule mais grand-mère a tenu à l'accompagner. Choupette grogne. Titounet est très fier de ses débuts sur des skis (Rossignol). Il ne cesse de parler de Killy.

Le vendredi 11, grand-mère contemple d'un air courroucé les côtes de veau à la normande agrémentées de verdure des fontaines. Voyons maman, dit N, la contrainte du vendredi maigre[2] a été levée il y a deux ans par l'épiscopat[3] français réuni en assemblée plénière[4]. Grand-mère dit que ce n'est pas une raison. N envoie Choupette acheter des œufs chez l'épicier arabe qui ne ferme pas sa boutique avant neuf heures. Un brave homme, dur au travail. Choupette proteste, Oh là là, il aurait pas pu rester dans son pays ce type, elle va manquer les Shadocks.

En mai Titounet se déchaîne. Rue Gay-Lussac, à la lueur des barricades qui flambent il joue au jeune héros. Sous les pavés la plage. Interdit d'interdire. Les étudiants se moquent de lui, le traitent en môme insupportable, nous sommes tous des juifs allemands il rage. Devant la Sorbonne occupée il rencontre François, un lycéen de son âge. Les deux garçons aussitôt sympathisent.

Juin. On trouve à nouveau du super. Un dimanche à la campagne. Titounet exprime en vain ses réticences, M lui dit qu'il a bien de la chance de respirer l'air pur. Choupette est toujours heureuse de retrouver tante Henriette et ses volailles, les agneaux,

1. ***Corriere della Sera*** : « Courrier du soir », grand quotidien national italien.
2. ***Vendredi maigre*** : tradition catholique imposant de ne pas manger de viande le vendredi, en commémoration de la mort du Christ.
3. ***Épiscopat*** : ensemble des évêques.
4. ***Assemblée plénière*** : réunion où figurent tous les membres.

les porcelets. Titounet au retour annonce soudain qu'il veut être berger. N dit qu'on en reparlera quand il aura son bac.

Persil lave plus blanc.

9" 9 au 100 mètres (Jim Hines, américain). Paul VI condamne la contraception et l'avortement thérapeutique. M cette année ne prendra ses vacances qu'en septembre. Un matin de la fin du mois d'août il se lève un peu en retard. Tandis qu'il se rase à la hâte N lui prépare son petit déjeuner et tourne le bouton de la radio. Les Russes sont à Prague. N dit que ce n'est pas une raison pour qu'il s'abstienne de vider le bol de céréales nécessaires à un bon transit intestinal.

1971

Les assassins de Sharon Tate, un homme et trois femmes, sont condamnés à mort.

En football à Buenos Aires la France bat l'Argentine par 4 à 3.

On chante *Yellow Submarine*, si – do ré – si la – si sol –

C'est Choupette qui apprend à N qu'au Liechtenstein (Où ça se trouve ce bled ?) les féministes en sont encore à réclamer le droit de vote. Titounet affiche une fois de plus un franc mépris pour le sexe dit faible. Sale macho, et Choupette aussitôt ironise sur les déboires de son frère dans les essais de séduction d'une fille en première du lycée. Titounet tremble de colère. Il dit que son copain François est tout à fait de son avis, les nanas sont des emmerdeuses.

N s'exclame, Voulez-vous bien vous taire, partout le malheur, la misère et ces deux-là se disputent pour des broutilles. Elle dit, Toi mon garçon révise tes cours. Titounet répond que son copain François lui a refilé un livre extra, les sciences éco sans larmes en quelque sorte. Titounet dit que François il est chouette. Sa sœur ricane, Il est chouette mais il a des boutons.

Record mondial du saut en hauteur : 2,29 m.

M se plaint des attaques sournoises de son directeur d'agence. N lui conseille la patience. Mais elle reconnaît qu'il ne doit pas sacrifier son amour-propre, sa dignité à l'espoir d'une augmentation. N est assise sur le canapé, elle termine l'ourlet d'une mini-jupe pour Choupette. M dit soudain, Tu es belle.

Le mur de Berlin a dix ans.

Joe Frazier conserve son titre de champion des poids lourds en battant aux points Cassius Clay.

1974

Choupette raffole de *Phantom of the Paradise*. Elle veut faire partager son enthousiasme à grand-mère, elle l'emmène au Gaumont-Opéra. Après un quart d'heure de bâillements grand-mère s'endort.

N a quarante-quatre ans. Elle porte des tee-shirts et sweats unisexes.

Le plan d'épargne-logement que M a ouvert voilà cinq ans arrive à son terme. M et N décident d'acheter un appartement dans une tour du côté de la place d'Italie. Choupette ira au lycée Rodin, en terminale. Titounet commence sa dernière année de Sup de co [1] à Rouen. Il a une chambre en ville près de la gare de Rouen-rive droite, rue du Champ-des-Oiseaux. Il rentre à Paris au week-end. Il grogne, Deux changements de métro pour Tolbiac. La République c'était mieux.

Un DC 10 s'écrase à Ermemonville. Trois cent quarante-cinq morts. Choupette pleure et jure qu'elle ne prendra jamais l'avion.

Björn Borg remporte le tournoi de Roland-Garros. À Montréal Eddie Merckx bat Raymond Poulidor et devient champion du monde.

Titounet est très fier de son accent anglais.

N absorbée dans la lecture de *Belle du Seigneur* laisse brûler le porc aux oignons, noircissant la cocotte Seb toute neuve. À chacun ses ennuis, Nixon a le Watergate et moi je vais mourir, déclare Georges Pompidou.

---

1. ***Sup de co*** : abréviation pour École supérieure de commerce.

Choupette s'emballe pour Patricia Hearst. Elle dit, Une telle volonté, un tel courage, une si grande détermination. Une si jolie petite gueule, un papa tellement friqué enchaîne Titounet. Choupette le regarde de travers.

Et le vent monotone entonne ses refrains d'adieu à l'été dit M qui rentre trempé après sa journée au bureau. Non je n'ai pas pris l'autobus, j'avais besoin d'exercice. Change-toi vite dit N, ou tu vas t'enrhumer. N annonce qu'elle s'inscrit à un cours de yoga. Il y a une réduction sur les séances de l'après-midi. M observe que c'est encore un avantage pour la femme au foyer. Tu vois je te l'avais bien dit que tu aurais une vie plus agréable en restant à la maison.

Choupette ne veut rien écouter quand en décembre un matin N tente de lui parler de la contraception. Oh maman je connais, arrête. Tu n'aurais sûrement pas aimé à mon âge que grand-mère te prenne pour une gourde et t'explique la méthode Ogino [1]. Parlons plutôt du réveillon de Noël. On le fait chez des copains, ça t'ennuie pas ?

1977

Éruption du volcan Niragong (Zaïre). Cyclone dans l'Andhra Pradesh.

Aux États-Unis Gary Gilmore est exécuté. Il réclamait instamment que lui soit appliquée sa peine. L'amnistie est votée pour les déserteurs de la guerre du Viêtnam. Titounet dit que c'est pas trop tôt, tu imagines, les pauvres mecs ont dû se réfugier dans le Saskatchewan [2]. Choupette rapporte qu'au Viêtnam en sept ans 1 500 000 buffles et bœufs ont été massacrés. Son copain Armand qui est statisticien a fait le calcul. Bon je file, dit-elle, J'ai rendez-vous avec Armand. Si j'arrive en retard je n'ai pas fini de l'entendre. On va voir *Cria Cuervos*. M dit qu'il a trop de travail,

---

1. ***Méthode Ogino*** : ancienne méthode de contraception.
2. ***Saskatchewan*** : province du Canada.

il renonce au cinéma. Parce que moi je fous rien peut-être ? dit Choupette sur un ton agressif (parle pas comme ça à ton père). Choupette est étudiante en psycho et baby-sitter trois fois par semaine. M dit qu'il n'aime pas la savoir rentrer seule à la maison en pleine nuit. La prochaine fois viens me chercher, dit-elle.

La couronne de l'empereur Bokassa brille des feux de ses cinq mille diamants. L'empereur réclame au FMI[1] une aide alimentaire pour son pays menacé de famine.

Elle court elle court la pointe Bic. Le dollar vaut 4,81 F. La Bulgarie est battue par le onze de France qui se qualifie pour le Mundial.

La grande baie de la salle à manger au dixième étage de l'immeuble encadre à l'heure du dîner un ciel qui flamboie. Encore du bourguignon, gémit Titounet. Si ça ne te plaît pas, dit N, offre-toi le restaurant. Puisque tu gagnes ta vie à présent. Titounet boude il marmonne qu'il ira habiter avec François. Les parents de François ont acheté pour leur fils un studio dans le onzième. N se tourne vers M. Un silence. Puis elle demande, Dis, passe-moi le sel.

Au loto un joueur récolte 8 313 833 F pour une mise de 210 F. *Le Figaro* précise, 8 313 833 F 40.

En ramenant Choupette à la maison après son baby-sitting (ta caisse elle fait un drôle de bruit) M confie à sa fille que la vie a pour lui désormais comme un goût d'amertume. Choupette s'attendrit, lui suggère de prendre un peu de distraction. Ou de s'engager dans une association de secours aux déshérités.

1980

Jean-Paul Sartre meurt en avril. Choupette dit que l'existentialisme c'est nul. Dans le monde actuel ce qui importe n'est pas l'analyse des termes mais plutôt la mise à jour des rapports entre

---

1. ***FMI*** : Fonds monétaire international, organisme créé en 1944 pour assurer le fonctionnement du système monétaire international.

les termes. Armand son compagnon approuve en s'installant tranquillement devant le policier du dimanche.

N se bourre d'hormones [1] pour prévenir les risques d'ostéoporose [2] quand elle aura l'âge de grand-mère. Grand-mère a bon pied bon œil mais perd un peu la mémoire.

Le dollar vaut 4,12 F. Record du saut en hauteur : 2,36 m. Gerd Wessig.

Titounet est ingénieur commercial chez IBM à la Défense. Au cours d'un repas en famille, interrogé sur son travail il déclare qu'il a toujours rêvé d'être astronaute. M lui demande si quelqu'un a jamais tenté de l'influencer dans le choix d'une carrière. Titounet dit qu'il n'accuse personne, ajoutant d'un ton péremptoire que des parents à l'écoute de leur gamin devraient savoir repérer la naissance d'une vocation. On te verra à l'œuvre dit N en posant sur la table le plat de gigot d'agneau aux flageolets. Oh moi je n'aurai pas d'enfants, dit Titounet. Il partage avec François qui est interne [3] à la Pitié [4] un F3 confortable.

En remplissant le lave-vaisselle M dit à N qu'elle aurait tort de s'inquiéter, Titounet a toujours eu un penchant pour les situations marginales.

Des émeutes éclatent à nouveau dans les quartiers métis du Cap [5].

Bernard Hinault l'emporte sur Baroncelli.

Attentat à la gare de Bologne [6]. Quatre-vingt-trois morts. M fulmine contre les gouvernements incapables de montrer la fermeté nécessaire pour enrayer le terrorisme.

Grève dure aux chantiers de Gdansk.

---

1. ***Hormones*** : substances chimiques utilisées dans le traitement de certaines maladies.
2. ***Ostéoporose*** : maladie des os.
3. ***Interne*** : étudiant en médecine.
4. ***La Pitié*** : la Pitié-Salpêtrière, nom d'un hôpital parisien.
5. ***Le Cap*** : ville d'Afrique du Sud.
6. ***Bologne*** : ville du nord de l'Italie.

M proteste encore davantage après l'explosion d'une bombe rue Copernic, durant la célébration de l'office Simt'hath Torah[1]. N dit, Tu as raison, ce monde est effroyable.

Le cousin Paul épouse une juive non pratiquante. Pour le repas de noces la viande est casher[2] comme l'exigent les convictions religieuses de certains membres de la famille. Grand-mère claironne au dessert que l'important c'est d'aimer. Elle chante un couplet du *Temps des cerises*.

Caroline de Monaco divorce.

À New York John Lennon est abattu par Mark Chapman qui venait de lui demander un autographe.

1983

Par-dessus l'épaule de sa mère Choupette en visite avec son bébé lit le quizz de *Femmes d'Aujourd'hui*. Regardez-vous la télé pendant le dîner : OUI NON *Rayez la mention inutile*. Lorsqu'un projet familial n'aboutit pas dites-vous à vos enfants : C'est la faute à ton père/ta mère, RÉGULIÈREMENT RAREMENT JAMAIS *Rayez la mention inutile*. Achetez-vous des plats cuisinés ? RÉGULIÈREMENT RAREMENT JAMAIS. Quelle part de votre budget réservez-vous aux loisirs ?

Choupette ricane, Je ne vois pas bien comment tu peux trouver de l'agrément à des trucs aussi débiles. N relève la tête et pousse un cri aigu en découvrant que le bébé tente d'avaler un tire-bouchon.

Klaus Barbie est emprisonné à Lyon.

Mc Namara bat Ivan Lendl.

La CEE interdit l'exploitation des peaux de phoque.

Titounet achète une R5. Il dit que c'est pour faire comme tout le monde. Et pour faire plaisir à François.

Cent mille spectateurs délirants acclament David Bowie à l'hippodrome d'Auteuil.

---

1. ***Simt'hath Torah*** : fête religieuse juive qui a lieu à l'automne.
2. ***Casher*** : dans la religion juive, qualité des aliments qui ont été préparés rituellement et peuvent être consommés.

N reconnaît que *Dynasty* ne vaut guère mieux que *Dallas*[1]. Elle n'en manque pas un épisode, on doit vivre avec son époque.

Jane Fonda impose l'aérobic. M revient épuisé d'un jogging dominical aux Buttes-Chaumont. Il s'inscrit à sa caisse-maladie pour un bilan de santé.

Camions-suicides à Beyrouth. Deux cent soixante-neuf morts.

La terre a tremblé à Liège.

Le dollar vaut 8,43 F.

1986

Y en a qu'une c'est la une. Le dollar redescend à 7,50 F.

Choupette parle de quitter Armand. N supplie, Pense aux petits. Choupette rétorque que les querelles des parents font des enfants psychotiques[2]. François, l'ami très cher de Titounet, part en province comme médecin généraliste.

Titounet joue en Bourse. Il joue aussi aux échecs avec M. Il le bat. M soupire, les enfants vous poussent gentiment vers la tombe. Dans un petit village des bords du Nil, Mohamed Mitmouh meurt à cent trente-cinq ans. Un homme qui n'a jamais fumé, n'a jamais bu d'alcool, de thé ni de café. On ne dit pas s'il avait des enfants.

Dans un ciel de grand beau temps au-dessus du cap Kennedy, Challenger explose quelques minutes après le décollage. À Paris, sur les quais du métro une telle catastrophe amène les usagers très réservés d'habitude à parler avec des inconnus.

Début des travaux pour la construction du tunnel sous la Manche.

Les otages français sont toujours retenus au Liban.

N fait la queue devant le Centre Pompidou pour voir l'exposition *Vienne, naissance d'un siècle*. Elle attrape un rhume qui

1. ***Dynasty*** et ***Dallas*** : célèbres feuilletons télévisés américains diffusés en France dans les années 1980.
2. ***Psychotiques*** : souffrant de psychose, forme de maladie mentale qui affecte le comportement.

tourne en bronchite. Elle garde le lit plusieurs jours. Choupette lui apporte un bouquet de violettes.

Michael Jackson chante *We Are the World*. Nicolae Ceauşescu met en accusation les couples roumains qui se disent stériles et s'oppose à l'avortement dans son pays. Après dix ans de sécheresse il pleut enfin au Sahel.

Au cours d'une vente aux enchères l'*Autoportrait aux bésicles* de Chardin est adjugé pour 6 602 960 F à un acheteur dont le nom ne sera pas révélé.

Accident dans la centrale nucléaire de Tchernobyl (Ukraine). Quarante-neuf mille habitants de la zone irradiée sont évacués. N dit que ça devait arriver. Que les écolos ne cessent de lancer des avertissements. On parle de contamination des fruits et légumes ici et là dans le monde. Tina, fille aînée de Choupette et d'Armand, hurle que c'est encore la faute aux grandes personnes et refuse de manger ses radis.

Mariage du prince Andrew et de Sarah Ferguson. Tina annonce qu'elle aussi à l'école elle a un fiancé, le fils de la dame de la cantine. Elle raconte qu'elle l'a vu tout nu, qu'elle s'était mise toute nue aussi, ça se passait dans les cabinets.

Guéranger peint le mont Blanc.

Jean-Pierre Léaud écroué pour avoir frappé sur la tête sa voisine octogénaire avec un pot de géraniums. Ménie Grégoire quitte RTL.

À Toulon monsieur le maire interdit aux chauffeurs de taxi de travailler en short et maillot de corps.

Le Minitel rose fait des ravages.

N s'inquiète, Titounet, tu as bien mauvaise mine. Il bougonne, Rassure-toi ce n'est pas le sida. Mais mon chéri, dit-elle, je n'ai jamais imaginé —

Une mère porteuse américaine nommée Mary Beth Whitehead décide de garder le bébé.

Des pâtes oui. Mais des Panzani.

M est invité au bord de la mer pour un week-end de préparation à la retraite. *Hygiène de vie hygiène mentale du retraité, valorisation du temps libre et schémas d'organisation rationnelle des loisirs* décline le prospectus.

Jeannie Longo devient la reine du cyclisme féminin. N reconnaît, Je grossis je devrais faire du sport. M aussi devrait. Ils devraient ils auraient dû. Ça agace Choupette. Oh ma mère et ses regrets quelle emmerdeuse. Comme si toutes les vies n'étaient pas ratées. Dit-elle à Armand qui ne répond rien.

Le cimetière des chiens va fermer.

Attentat sanglant de la rue de Rennes.

Titounet trouve de bonnes raisons pour ne plus jouer aux échecs avec M. Là-bas au bord du golfe de Finlande Garry Kasparov bat Antoli Karpov et conserve son titre de champion du monde.

Mort de Georges Dumézil. Il parlait l'oubykh [1] et le quechua [2]. Il est passé à *Apostrophes* [3] voilà seulement quelques mois, dit Choupette. Il projetait d'aller bientôt bavarder avec Homère aux Champs Élyséens. Alors commente Tina songeuse, c'est qu'il parlait le grec en plus.

1989

Titounet confie à sa sœur que pour lui la solitude est dure. Choupette le sermonne, On ne peut pas tout avoir, la liberté l'insouciance et les gosses qui mettent un peu d'ambiance à la maison. Elle dit qu'ils mettent aussi le bordel. Elle pousse sa fille et son garçon vers les bras solides de leur oncle. Baisers mouillés. En route. Votre père va râler si on s'attarde.

Titounet ferme la porte et regarde la télé. Il faut boire Heineken et laver la laine en douceur avec Woolite.

---

1. ***Oubykh*** : langue du Caucase.
2. ***Quechua*** : langue parlée par les Incas.
3. ***Apostrophes*** : émission littéraire télévisée qui était animée par Bernard Pivot.

Mort de Hiro-Hito.

Cyclone Firinga à la Réunion.

L'*Exxon Valdez* déverse un flot énorme de pétrole brut dans le golfe de l'Alaska.

Voilà vingt ans déjà que deux hommes ont marché sur la Lune. La guardia civil espagnole abandonne le tricorne pour le képi.

Arrestation en Autriche de quatre aides-soignantes soupçonnées d'avoir provoqué la mort de dizaines de vieillards grabataires[1]. Peut-être que ça les arrangeait les vieux, suggère Tina. De mourir. Et alors qu'est-ce que tu dirais si parmi eux il y avait eu grand-mère, proteste Choupette indignée.

Cinq cent mille étudiants chinois sur la place Tien An Men. Bientôt du sang sur les dalles.

Cyclone Hugo en Guadeloupe.

Un grand pas vers le bon Dieu, le prix Goncourt à Jean Vautrin.

Boris Becker remporte la coupe Davis. Le record mondial du saut en hauteur plafonne à 2,42 m.

Ouverture du mur de Berlin.

En Roumanie le régime de Ceauşescu est renversé.

M et N dînent en tête à tête dans la salle à manger trop grande. Tu n'es pas bavard, dit N. Ça t'ennuie donc vraiment de ne plus aller à ton bureau à partir de la semaine prochaine ? M ne répond pas et mastique.

N a ciré les meubles ce matin. Elle a mis un bouquet dans le vase sur la table du coin-salon. Elle dit, La vie n'est jamais simple. Il y aura toujours les instants de bonheur. Elle dit, Et aussi les souvenirs. Elle dit, Rappelle-toi. Ce n'est pas si loin. Le sable blond, la mer.

M hausse les épaules. Passe-moi du pain veux-tu. Merci.

Quelque chose de la vie, Seghers, 1991

1. ***Grabataires*** : malades qui ne peuvent quitter leur lit.

DOSSIER

- *J'l'ai rendu*
- *Aldo, mon ami*
- Histoires de redoutes
- *Tout finira par s'arrêter*
- Souvenirs, souvenirs...

J'l'ai rendu

Avez-vous bien lu ?

A. Qui parle ?
B. En examinant le niveau de langue utilisé (syntaxe orale, vocabulaire de l'argot moderne), caractérisez la locutrice.
C. Quel âge a-t-elle ?
D. Dans quel univers évolue-t-elle ?
E. Quel usage fait-elle de la poésie ?
F. Qu'a-t-elle de commun avec l'auteur des vers qu'elle cite ?
G. À qui s'adresse ce discours ?
H. Noter les occurrences de la mention du destinataire. Que traduit leur position dans le texte ?
I. Sur quel paradoxe repose cette histoire ?
J. En quoi consiste la chute ? Pourquoi est-elle particulièrement pathétique ?
K. Formulez la thèse dont cette nouvelle pourrait être une illustration.

Guillaume Apollinaire, « La chanson du Mal-Aimé », « Le Pont Mirabeau »

Guillaume Apollinaire (1880-1918) rassemble en 1913 sous le titre *Alcools* des poèmes dont l'écriture s'est échelonnée sur une dizaine d'années. Une tonalité mélancolique et tendre s'y marie avec l'incongruité et le raffinement d'images et de rythmes qui ont fait de lui le père revendiqué de la poésie moderne.
Dans « La chanson du Mal-Aimé », la rencontre à Londres d'un « mauvais garçon » fait surgir chez le poète un désordre d'images associées au souvenir d'anciennes amours. Le poème est composé de soixante quintils d'octosyllabes répartis en sept séquences d'inégale longueur, sans ponctuation, comme tous les poèmes du recueil *Alcools*, dont il est le troisième après « Zone », poème des exils modernes, et « Le Pont Mirabeau ». La lamentation sur la perte prend dans ce dernier poème une tournure répétitive avec le refrain.

Autant « Le Pont Mirabeau » fait usage d'un lyrisme rendu populaire par l'évidence des images : le pont des bras tendu au-dessus du fleuve qui passe comme l'amour et comme le temps, autant « La chanson du Mal-Aimé » rassemble des images complexes, érudites, mêlant des emprunts à la Bible et à diverses mythologies, parfois quasi surréalistes, comme ici où le « cœur » et la « tête » du poète sont le lieu où « s'écoule » le cosmos toujours régénéré, comme sa souffrance.

La chanson du Mal-Aimé (extrait)

Voie lactée ô sœur lumineuse
Des blancs ruisseaux de Chanaan [1]
Et des corps blancs des amoureuses
Nageurs morts suivrons-nous d'ahan [2]
Ton cours vers d'autres nébuleuses

Regret des yeux de la putain
Et belle comme une panthère
Amour vos baisers florentins
Avaient une saveur amère
Qui a rebuté nos destins

Ses regards laissaient une traîne
D'étoiles dans les soirs tremblants
Dans ses yeux nageaient les sirènes
Et nos baisers mordus sanglants
Faisaient pleurer nos fées marraines

Mais en vérité je l'attends
Avec mon cœur avec mon âme
Et sur le pont des Reviens-t'en
Si jamais revient cette femme
Je lui dirai Je suis content

---

1. ***Chanaan*** : la terre promise des Hébreux.
2. ***D'ahan*** : à grand-peine.

Mon cœur et ma tête se vident
Tout le ciel s'écoule par eux
Ô mes tonneaux des Danaïdes[1]
Comment faire pour être heureux
Comme un petit enfant candide

Je ne veux jamais l'oublier
Ma colombe ma blanche rade
Ô marguerite exfoliée
Mon île au loin ma Désirade[2]
Ma rose mon giroflier [...]

Le Pont Mirabeau

Sous le pont Mirabeau coule la Seine
Et nos amours
Faut-il qu'il m'en souvienne
La joie venait toujours après la peine

Vienne la nuit sonne l'heure
Les jours s'en vont je demeure

Les mains dans les mains restons face à face
Tandis que sous
Le pont de nos bras passe
Des éternels regards l'onde si lasse

---

1. ***Danaïdes*** : dans la mythologie antique, les cinquante filles de Danaos tuèrent toutes leur mari lors de la nuit de noces et furent condamnées pour ce crime à remplir éternellement un tonneau sans fond.
2. ***Désirade*** : petite île des Antilles françaises.

Vienne la nuit sonne l'heure
Les jours s'en vont je demeure

L'amour s'en va comme cette eau courante
L'amour s'en va
Comme la vie est lente
Et comme l'Espérance est violente

Vienne la nuit sonne l'heure
Les jours s'en vont je demeure

Passent les jours et passent les semaines
Ni temps passé
Ni les amours reviennent
Sous le pont Mirabeau coule la Seine

Vienne la nuit sonne l'heure
Les jours s'en vont je demeure

Aldo, mon ami

Cette nouvelle met en œuvre une stratégie de révélation progressive : le lecteur est placé dans une situation d'extrême vigilance pour collecter les indices qui vont lui permettre, au fil de sa lecture, d'élaborer le sens.

Avez-vous bien lu ?

1. Relevez les périphrases, les sous-entendus, les phrases inachevées ou énigmatiques qui désorientent et alertent à la fois le lecteur sur l'implicite qui fait le fond de ce récit.

2. Réfléchissez sur le titre et sur l'énonciation en forme de monologue informatif. À quel genre ce procédé apparente-t-il cette nouvelle ?

3. Sur combien de temps s'étend la narration ? Construisez l'axe temporel en y faisant figurer les repères spatiaux qui scandent ce récit avec une belle régularité. Quelle conclusion tirez-vous de cette recherche ?

Histoires de redoutes

Mérimée, *L'Enlèvement de la redoute*

Passant d'une redoute à l'autre, Annie Saumont fait référence, dans *59 Roubaix*, à l'un des maîtres de la nouvelle du XIXe siècle, Prosper Mérimée (1803-1870). Celui-ci excellait dans le récit court, cultivant, contre le pathos romantique alors en vogue, un style sobre.

Dans la nouvelle *L'Enlèvement de la redoute* (1829), il raconte le baptême du feu d'un tout jeune soldat napoléonien.

Nous parvînmes rapidement au pied de la redoute, les palissades avaient été brisées et la terre bouleversée par nos boulets. Les soldats s'élancèrent sur ces ruines nouvelles avec des cris de *Vive l'Empereur !* plus forts qu'on ne l'aurait attendu de gens qui avaient déjà tant crié.

Je levai les yeux, et jamais je n'oublierai le spectacle que je vis. La plus grande partie de la fumée s'était élevée et restait suspendue comme un dais à vingt pieds au-dessus de la redoute. Au travers d'une vapeur bleuâtre, on apercevait derrière leur parapet à demi détruit les grenadiers russes, l'arme haute[1], immobiles comme des statues. Je crois voir encore chaque soldat, l'œil gauche attaché sur nous, le droit caché par son fusil élevé. Dans une embrasure, à

1. ***L'arme haute*** : l'arme en position de tir.

quelques pieds de nous, un homme tenant une lance à feu[1] était auprès d'un canon.

Je frissonnai, et je crus que ma dernière heure était venue.

« Voilà la danse qui va commencer, s'écria mon capitaine. Bonsoir ! »

Ce furent les dernières paroles que je l'entendis prononcer.

Un roulement de tambours retentit dans la redoute. Je vis se baisser tous les fusils. Je fermai les yeux, et j'entendis un fracas épouvantable, suivi de cris et de gémissements. J'ouvris les yeux, surpris de me trouver encore au monde. La redoute était de nouveau enveloppée de fumée. J'étais entouré de blessés et de morts. Mon capitaine était étendu à mes pieds : sa tête avait été broyée par un boulet, et j'étais couvert de sa cervelle et de son sang. De toute ma compagnie, il ne restait debout que six hommes et moi. [...]

Le colonel était renversé tout sanglant sur un caisson[2] brisé, près de la gorge. Quelques soldats s'empressaient autour de lui : je m'approchai.

« Où est le plus ancien capitaine ? » demandait-il à un sergent.

Le sergent haussa les épaules d'une manière très expressive.

« Et le plus ancien lieutenant ?

– Voici monsieur qui est arrivé hier », dit le sergent d'un ton tout à fait calme.

Le colonel sourit amèrement.

« Allons, monsieur, me dit-il, vous commanderez en chef ; faites promptement fortifier la gorge de la redoute avec ces chariots, car l'ennemi est en force ; mais le général C*** va vous faire soutenir.

– Colonel, lui dis-je, vous êtes grièvement blessé ?

– F...[3], mon cher, mais la redoute est prise. »

---

1. ***Lance à feu*** : bâton dont l'on se servait pour mettre le feu à la poudre des canons.
2. ***Caisson*** : voir note 3, p. 55.
3. ***F...*** : foutu.

Tout finira par s'arrêter

Avez-vous bien lu ?

1. Les personnages

A. Cette nouvelle est un discours adressé à un destinataire. Qui est le sujet de l'énonciation ?
B. Caractérisez le destinataire ainsi que le troisième personnage principal.
C. Identifiez les personnages de second plan.
D. Quel rôle jouent-ils ?

2. La fin du monde

A. Pourquoi la fin du monde, escomptée en 2000 (selon la tradition millénariste, qui attendait une catastrophe), est-elle désirée par l'enfant ?
B. Que révèle l'idée qu'il se fait de la « résurrection » ?
C. Construisez le champ lexical du Mal, pour cet enfant : il comporte des catastrophes naturelles ainsi que « ce qu'ils font les hommes, qui se retourne contre eux ».
D. Quels sont les antidotes que la grand-mère a, par ses actes et par ses paroles, enseignés aux deux enfants pour se prémunir contre ces différentes manifestations du « Mal » ?
E. Que pensez-vous de cette éducation ?

3. Polysémies

Dans cette nouvelle, le narrateur signale les progrès qu'il fait dans le maniement de la langue en mettant l'accent sur les polysémies qu'il maîtrise plus ou moins ; ainsi des « élus », des « mineurs », des « créatures ». À votre tour, cherchez des mots dont vous éclairerez les différents sens en les employant dans des phrases expressives.

Souvenirs, souvenirs…

Georges Perec, *Je me souviens*

Dans *Passe-moi le sel*, Annie Saumont a recours, pour servir de signaux d'écoulement du temps chronologique, à un procédé analogue à celui dont Georges Perec (1936-1983) avait usé pour susciter une communion avec le lecteur dans *Je me souviens* (1978).
L'ouvrage, composé de 480 fragments reconquis sur le magma du passé, conjugue l'intérêt de l'écrivain pour le biographique et l'observation quasi sociologique de ses contemporains ainsi que son goût du jeu avec le langage.
« Ces "Je me souviens", écrit Perec, ne sont pas exactement des souvenirs, et surtout pas des souvenirs personnels, mais des petits morceaux de quotidien, des choses que, telle ou telle année, tous les gens d'un même âge ont vues, ont vécues, ont partagées, et qui ensuite ont disparu, ont été oubliées. »

De ces « Je me souviens », Perec donnait encore la définition suivante : « […] une chose qu'on avait apprise à l'école, un champion, un chanteur ou une starlette qui perçait, un air qui était sur toutes les lèvres, un hold-up ou une catastrophe qui faisait la une des quotidiens, un best-seller, un scandale, un slogan, une habitude, une expression, un vêtement ou une manière de le porter, un geste ou quelque chose d'encore plus mince, d'inessentiel, de tout à fait banal, miraculeusement arraché à son insignifiance, retrouvé pour un instant, suscitant pendant quelques secondes une impalpable petite nostalgie. »

294

Je me souviens que le personnage central de *L'Étranger* se nomme Antoine (?) Meursault : il a été souvent remarqué que l'on ne se souvient pas de son nom.

295

Je me souviens de la barbe à papa dans les fêtes foraines.

296

Je me souviens du rouge à lèvres « Baiser », « le rouge qui permet le baiser ».

297

Je me souviens des billes en terre qui se cassaient en deux dès que le choc était un peu fort, et des agates, et des gros callots de verre dans lesquels il y avait parfois des bulles.

298

Je me souviens du gang des tractions avant.

299

Je me souviens de la baie des Cochons.

300

Je me souviens des Trois Stooges, et de Bud Abbott et Lou Costello ; et de Bob Hope, Dorothy Lamour et Bing Crosby ; et de Red Skelton.

301

Je me souviens que Sidney Bechet a écrit un opéra – ou bien était-ce un ballet ? – intitulé *La Nuit est une sorcière*.

302

Je me souviens des sacs « Hermès », avec leur tout petit cadenas.

303

Je me souviens du mal que j'ai eu à comprendre ce que voulait dire l'expression « sans solution de continuité ».

304

Je me souviens du jeu « Enrichissez votre vocabulaire » dans le *Reader's Digest*.

Georges Perec, *Je me souviens*, Hachette, 1978.

Tranches de vie

1. La classe pourra se partager en plusieurs groupes pour reprendre la nouvelle d'Annie Saumont et chercher pour chaque décennie à élucider quelques-unes des allusions figurant dans *Passe-moi le sel*. Les réponses pourront être classées sous différentes rubriques : « politique », « sport », « culture », « vie quotidienne », etc.

2. En imitant la structure romanesque qui consiste à entrelacer des événements appartenant à la sphère publique avec ceux de la vie privée des personnages, écrivez un chapitre de la vie d'un couple lors de la dernière décennie du XXe siècle. La classe pourra se partager en plusieurs groupes, chacun chargé d'une année, en adoptant un schéma narratif commun.

3. Pour illustrer les allusions du texte d'Annie Saumont ou celles choisies par la classe, on pourra effectuer une recherche iconographique dans d'anciens magazines.

Notes et citations

Notes et citations

Notes et citations

Notes et citations

Notes et citations

Les classiques et les contemporains dans la même collection

ALAIN-FOURNIER
Le Grand Meaulnes (353)

ANDERSEN
La Petite Fille et les allumettes et autres contes (171)

ANOUILH
La Grotte (324)

APULÉE
Amour et Psyché (2073)

ASIMOV
Le Club des Veufs noirs (314)

AUCASSIN ET NICOLETTE (43)

BALZAC
Le Bal de Sceaux (132)
Le Chef-d'œuvre inconnu (2208)
Le Colonel Chabert (2007)
Ferragus (48)
Le Père Goriot (349)
La Vendetta (28)

BARBEY D'AUREVILLY
Les Diaboliques – Le Rideau cramoisi, Le Bonheur dans le crime (2190)

BARRIE
Peter Pan (2179)

BAUDELAIRE
Les Fleurs du mal – *Nouvelle édition* (115)

BAUM (L. FRANK)
Le Magicien d'Oz (315)

BEAUMARCHAIS
Le Mariage de Figaro (354)

LA BELLE ET LA BÊTE ET AUTRES CONTES (90)

BERBEROVA
L'Accompagnatrice (6)

BERNARDIN DE SAINT-PIERRE
Paul et Virginie (2170)

LA BIBLE
Histoire d'Abraham (2102)
Histoire de Moïse (2076)

BOVE
Le Crime d'une nuit. Le Retour de l'enfant (2201)

BRADBURY
L'Heure H et autres nouvelles (2050)
L'Homme brûlant et autres nouvelles (2110)

CARRIÈRE (JEAN-CLAUDE)
La Controverse de Valladolid (164)

CARROLL
Alice au pays des merveilles (2075)

CERVANTÈS
Don Quichotte (234)

CHAMISSO
L'Étrange Histoire de Peter Schlemihl (174)

LA CHANSON DE ROLAND (2151)

CATHRINE (ARNAUD)
Les Yeux secs (362)

CHATEAUBRIAND
Mémoires d'outre-tombe (101)

CHEDID (ANDRÉE)
L'Enfant des manèges et autres nouvelles (70)
Le Message (310)
Le Sixième Jour (372)

CHRÉTIEN DE TROYES
Lancelot ou le Chevalier de la charrette (116)
Perceval ou le Conte du graal (88)
Yvain ou le Chevalier au lion (66)

CLAUDEL (PHILIPPE)
Les Confidents et autres nouvelles (246)

COLETTE
Le Blé en herbe (257)

COLIN (FABRICE)
Projet oXatan (327)

COLLODI
Pinocchio (2136)

CORNEILLE
Le Cid – *Nouvelle édition* (18)

DAUDET
Aventures prodigieuses de Tartarin de Tarascon (2210)
Lettres de mon moulin (2068)

Les anthologies dans la même collection

AU NOM DE LA LIBERTÉ
Poèmes de la Résistance (106)

L'AUTOBIOGRAPHIE (2131)

BAROQUE ET CLASSICISME (2172)

LA BIOGRAPHIE (2155)

BROUILLONS D'ÉCRIVAINS
Du manuscrit à l'œuvre (157)

« C'EST À CE PRIX QUE VOUS MANGEZ DU SUCRE... » Les discours sur l'esclavage d'Aristote à Césaire (187)

CEUX DE VERDUN
Les écrivains et la Grande Guerre (134)

LES CHEVALIERS DU MOYEN ÂGE (2138)

CONTES DE SORCIÈRES (331)

CONTES DE VAMPIRES (355)

LE CRIME N'EST JAMAIS PARFAIT
Nouvelles policières 1 (163)

DE L'ÉDUCATION
Apprendre et transmettre de Rabelais à Pennac (137)

LE DÉTOUR (334)

FAIRE VOIR : QUOI, COMMENT, POUR QUOI ? (320)

FÉES, OGRES ET LUTINS
Contes merveilleux 2 (2219)

LA FÊTE (259)

GÉNÉRATION(S) (347)

LES GRANDES HEURES DE ROME (2147)

L'HUMANISME ET LA RENAISSANCE (165)

IL ÉTAIT UNE FOIS
Contes merveilleux 1 (219)

LES LUMIÈRES (158)

LES MÉTAMORPHOSES D'ULYSSE
Réécritures de *L'Odyssée* (2167)

MONSTRES ET CHIMÈRES (2191)

MYTHES ET DIEUX DE L'OLYMPE (2127)

NOIRE SÉRIE...
Nouvelles policières 2 (222)

NOUVELLES DE FANTASY 1 (316)

NOUVELLES FANTASTIQUES 1
Comment Wang-Fô fut sauvé et autres récits (80)

NOUVELLES FANTASTIQUES 2
Je suis d'ailleurs et autres récits (235)

ON N'EST PAS SÉRIEUX QUAND ON A QUINZE ANS Adolescence et littérature (156)

PAROLES DE LA SHOAH (2129)

LA PEINE DE MORT
De Voltaire à Badinter (122)

POÈMES DE LA RENAISSANCE (72)

POÉSIE ET LYRISME (173)

LE PORTRAIT (2205)

RACONTER, SÉDUIRE, CONVAINCRE
Lettres des XVIIe et XVIIIe siècles (2079)

RÉALISME ET NATURALISME (2159)

RÉCITS POUR AUJOURD'HUI
17 fables et apologues contemporains (345)

RIRE : POUR QUOI FAIRE ? (364)

RISQUE ET PROGRÈS (258)

ROBINSONNADES
De Defoe à Tournier (2130)

LE ROMANTISME (2162)

SCÈNES DE LA VIE CONJUGALE
Le couple au théâtre, de Shakespeare à Yasmina Reza (328)

LE SURRÉALISME (152)

LA TÉLÉ NOUS REND FOUS ! (2221)

LES TEXTES FONDATEURS (340)

TROIS CONTES PHILOSOPHIQUES (311)
Diderot, Saint-Lambert, Voltaire

TROIS NOUVELLES NATURALISTES (2198)
Huysmans, Maupassant, Zola

VIVRE AU TEMPS DES ROMAINS (2184)

VOYAGES EN BOHÈME (39)
Baudelaire, Rimbaud, Verlaine

Création maquette intérieure :
Sarbacane Design.

Achevé d'imprimer par Dupli-Print (95)
en octobre 2019
N° d'impression : 2019093609

N° éditeur : L.01EHRN000206.A005
Dépôt légal : mars 2008

Imprimé en France